# とんでもスキルで異世界放浪メシ

8 石窯焼きピザ×生命の神薬

江口 連
author ● Ren Eguchi
イラスト● 雅
illustration ● Masa

『はい、できたぞー』
ムコーダ

フェル
ドラちゃん
ロッテ
スイ

「な、なんじゃこりゃっ！」
あまりのことに我が目を疑った。

# とんでもスキルで異世界放浪メシ

# 8

## 石窯焼きピザ
## ×
## 生命の神薬

江口 連
author・Ren Eguchi
イラスト・雅
illustration・Masa

# 前回までのあらすじ

胡散臭い王国の「勇者召喚」に巻き込まれ、剣と魔法の異世界へと来てしまった
現代日本のサラリーマン・向田剛志（ムコーダ）。
どうにか王城を出奔して旅に出るムコーダだったが、
固有スキル『ネットスーパー』で取り寄せる商品やムコーダの料理を狙い、
「伝説の魔獣」に「女神」といったとんでもない奴らが集まってきては
従魔になったり加護を与えたりしてくるのだった。
しかし神様達のワガママぶりを知った創造神様が大激怒！
ムコーダに謝罪し、神様達に謹慎処分を言い渡す。
一方、久しぶりに訪れたカレーリナの街で、
マイホーム（大豪邸）を購入するムコーダ。
家の管理や警備のための奴隷達も購入して、
しばらくはゆっくりできると思いきや……？

固有スキル
『ネットスーパー』
いつでもどこでも、現代日本の商品を購入できるムコーダの固有スキル。購入した食材にはステータスアップ効果がある。

# 人物紹介

## ムコーダ一行

**ドラちゃん**
従　魔

世にも珍しいピクシードラゴン。小さいけれど成竜。やはりムコーダの料理目当てで従魔となる。

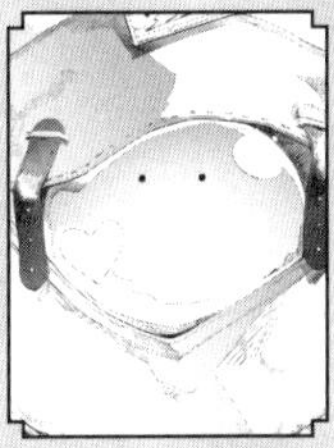

**スイ**
従　魔

生まれたばかりのスライム。ごはんをくれたムコーダに懐いて従魔となる。かわいい。

**フェル**
従　魔

伝説の魔獣・フェンリル。ムコーダの作る異世界の料理目当てに契約を迫り従魔となる。野菜は嫌い。

**ムコーダ**
人　間

現代日本から召喚されたサラリーマン。固有スキル『ネットスーパー』を持つ。料理が得意。へたれ。

## 神　界

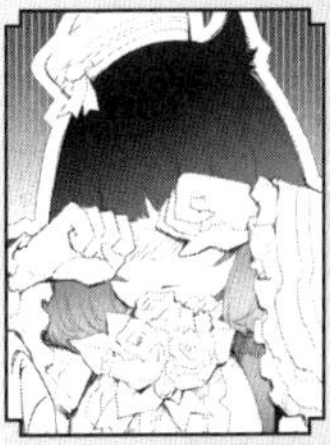

**ルサールカ**
神　様

水の女神。お供え目当てでムコーダの従魔・スイに加護を与える。異世界の食べ物が大好き。

**キシャール**
神　様

土の女神。お供え目当てでムコーダに加護を与える。異世界の美容品の効果に魅せられる。

**アグニ**
神　様

火の女神。お供え目当てでムコーダに加護を与える。異世界のお酒、特にビールがお気に入り。

**ニンリル**
神　様

風の女神。お供え目当てでムコーダに加護を与える。異世界の甘味、特にどら焼きに目が無い。

◀ 進む

# もくじ



8 × 章

1 × 閑話

1 × 番外

◀ 進む

# 第一章　仕事の前に

カレーリナで購入した豪邸の維持や警備のため、奴隷も買うことになった。

ランベルトさんに「奴隷を買うのが一番」と言われたときはびっくりしたけど、この国の奴隷制度はしっかりしてるらしく、想像していたよりもずっとホワイトな感じだ。

ということで、トニ一家とアルバン一家の2家族と、冒険者だった5人と契約した。

その翌朝、みんなには支給品として目覚まし時計を渡して使い方も説明していたから、時間通りきっかり朝8時に母屋にみんなが集まってきた。

うんうん、時間厳守の姿勢は非常によろしい。

「じゃ、朝飯にしましょう」

朝食は既に俺が作ってある。

メニューは野菜のコンソメスープと目玉焼き、あとは軽く焼いた食パンに100％のオレンジジュースとヨーグルトだ。

フェルたちに付き合って、さすがに朝から肉は勘弁だからいつも朝はこんな感じだ。

俺だけのときはスープはインスタントで済ませることも多かったけど、今日はちゃんと作ったぞ。

とは言っても、めちゃくちゃ簡単だけどな。

ベーコンとキャベツとニンジンとタマネギを1センチ角に切って鍋にオリーブオイルをひいて軽く炒《いた》めたら、そこに水を入れて沸騰したら固形コンソメを入れて野菜が柔らかくなるまで煮ていく。

最後に塩胡椒《こしょう》で味を調えれば、野菜のコンソメスープの完成だ。

簡単で朝にはもってこいのスープだ。

味見してみたけど、野菜の甘味もしっかり出ていて美味《うま》かった。

みんなに手伝ってもらってダイニングに朝食を運んだ。

トニ一家とアルバン一家の面々は朝から玉子があることに目を輝かせている。

冒険者の5人も早く食いたそうにしている。

この世界じゃ卵は高価かもしれないけど、ネットスーパーだと安いからねぇ。

10個入りで銅貨2枚程度で買えるって知ったら驚くだろうな。

ある程度生活用品もそろう明日か明後日には、自分たちで食事も用意してもらうようにしようと思ってるから、渡す食材の中に卵もたくさん入れてやろう。

「じゃ、いただきましょう」

フェルとドラちゃんとスイには朝飯を既に出してある。

もちろんいつものごとく朝から肉だよ。

今朝は、作り置きしておいたオークの肉と野菜の甘辛味噌《みそ》炒めを丼にして出してやった。

ガツガツ美味そうに食ってるよ。

さて、俺も朝飯にありつくとしますか。

今日はパンだから目玉焼きにはソースだなって……、みんな目玉焼きに何もかけないで食べてら。

テーブルにちゃんと塩と胡椒とソースが置いてあるのに。

「そこに塩胡椒とソースがあるから、目玉焼きには好きなのかけてな」

「こ、胡椒じゃとっ!?　朝から卵が食えるだけでも贅沢《ぜいたく》なのに、胡椒も使っていいとはのう……。朝からそんな贅沢していいのか？」

胡椒と聞いてバルテルが驚いている。

他の元冒険者たちも驚いているな。

トニ一家とアルバン一家と違って、それなりに自由になる金もあった元冒険者たちは胡椒を口にする機会も多かったろうから価値が分かっているんだろう。

「ああ。ここでは高値で取引されてるけど、俺の例のスキルで買うと安く手に入れることができるんだよ」

俺がそう言うと、じゃあと言ってアホの双子がたっぷりと塩胡椒を目玉焼きに振りかけていく。

いやいや、お前らさすがにそれは多すぎだろ。

それじゃ玉子の味が台無しじゃないか。

と思ったものの、アホの双子は美味い美味いと言いながら目玉焼きを食っていた。

「ねぇねぇ、ムコーダのお兄ちゃん、ロッテもかけて食べてもいい？」

「もちろんいいぞ。塩に胡椒に、これがソースだ。俺のおすすめはソースだけど、初めての味だろうから、これをかけるなら試しにちょっとだけかけてからの方がいいぞ」

「分かったー」

ロッテちゃんが目玉焼きにソースをちょろっと垂らした。

そしてフォークで切り取った目玉焼きをパクリと口に入れた。

「おいひぃっ！」

小さな口をモグモグと動かしながら、ロッテちゃんがそう言った。

どうやらソースの味がお気に召したようだ。

ロッテちゃんの言葉を聞いて、コスティ君にセリヤちゃん、オリバー君とエーリク君の子ども組が次々と目玉焼きにソースをかけていく。

そりゃ子どもは食べたことがない新しい味に興味をそそられるよなぁ。

ソースの味は子どもたちに大好評で、ソースをかけた目玉焼きをみんな美味そうに頬張っていた。

「ソースってものも美味そうだな」

「ああ」

ソースに興味を持った双子だが、既に目玉焼きには塩胡椒が振られて……って、食うの早いよ。

もう双子の目玉焼きないじゃねぇか。

「あたしはソースにしてみるよ」

タバサが目玉焼きにソースをかけて頬張る。

「うん、こりゃ美味いね。酸味と甘味と塩味がちょうどいい具合に溶け合っていい味出してるよ」

「美味そうだな。姉貴一口くれ」

「俺にも」

「何言ってんだい。あんたたち自分の分は食っただろうが」

アホの双子の要求をタバサは歯牙にもかけない。

「ぐぬぬ」

「くっ」

…………おい、そこのアホ2人、こっち見んな。

目玉焼きのおかわりなんてないからな。

とは言っても、このアホ2人だけじゃなくバルテルもペーターも、食い終わったもののまだもの足りなそうだな。

一応食パンは1人5枚用意したんだけど。

しょうがないから、ハムと食パン（6枚入り）を3袋新たに出してやった。

食い足りなかった面々がすぐに群がったよ。

「よし、みんな食い終わったね。これからみんなで出かけます」

人が生きていくのに必要な衣・食・住の食と住は確保できたから、今度は衣だ。

トニ一家もアルバン一家も、持ち物という持ち物はなく着の身着のままって感じで俺のところへ来たし、元冒険者の5人だって武器防具の類は仕事道具だから持ってはいるけど、それ以外はトニ一家やアルバン一家と同じく着の身着のままという感じだった。

みんなの着ている服はボロとは言わないけどほころびも目立つし、靴にしてもずいぶんと使い古されていて、どちらもお世辞にもキレイとは言えない。

今のところはしょうがないとしても、これからうちの仕事を任せるうえでもうちょっと身綺麗《みぎれい》にしてもらわないとちょっとね。

「ムコーダのお兄ちゃん、どこ行くの～？」

「お洋服と靴を買いに行くんだよ」

「お洋服と靴っ!?　新しいの買ってくれるの？」

「そうだよ。みんなの服、ちょっと汚れちゃってるからね」

「ヤッター！」

ロッテちゃんが新しい服と聞いてピョンピョン飛び跳ねて喜んでいる。

「ム、ムコーダさん、服は高いんだぞ。いいのかい？」

「うちで働いてもらうのには、もうちょっと身綺麗にしてもらいたいですから。もちろんタバサたちもですよ」

そう言われると、自分たちが身綺麗な格好とは言えないのが分かっているのかタバサも返す言葉がなさそうだった。

「さ、行きましょう」

俺はフェルとドラちゃんとスイを護衛に、14人を引き連れての買い物に出発した。

◇◇◇◇◇

「こんにちは、ランベルトさん」

14人を連れてまず訪れたのは、ランベルトさんの店だ。

「おお、ムコーダさんじゃないですか。おや、早速奴隷を購入されたんですね」

「はい、その節はありがとうございました。今はいろいろあるのに、こんな大人数で押しかけて申し訳ありません」

ランベルトさんの店の周りを嗅ぎまわっている奴《やつ》らがいるのもあってどうしようかと思ったんだけど、やっぱり靴を買うならランベルトさんの店でって思ったんだ。

「いやいや。ちゃんと戦闘のできる奴隷も買われたようですな。なかなか腕の立ちそうな奴隷ではないですか」

「はい。ランベルトさんの紹介状もありましたので、元冒険者のいい奴隷を紹介していただけました」

何せタバサとバルテルは元Bランクだし、アホの双子もアホとはいえ元Cランク、ペーターも元Dランクだけど有望株だったしな。

「それは良かった。件《くだん》の輩《やから》もムコーダさんのことを察知したようなので、ここでこの奴隷たちを見せ付けるのもありだと思いますよ。戦闘のできる奴隷がいるとなれば、あちらも慎重にならざるを得ませんからな」

確かに。

それが、タバサたちみたいな腕の立つ元冒険者ならなおさらだろう。

「それで、今日はどんなご用件で？」

「それなんですが、この14人に靴を新調しようかと思いまして」

うちで働いてもらうのにも、さすがにこれではね。

14人の靴を見て、ランベルトさんも「ああ」と納得している。

「確かにこれであの素晴らしい家に入られるのは躊躇《ちゅうちょ》しますすな」

ということで、ランベルトさんにみんなの靴をみつくろってもらった。

「こちらはレッドボアの皮を加工して作ったものです。お値段は少し高くなりますが、水にも強く丈夫で長持ちしますよ。それにこの艶のある加工を施していますから見た目にも美しくどんな装いにも合います」

ランベルトさんが出してきたのはレッドボアの皮に艶のある加工をほどこした濃茶の紐《ひも》の革靴だ。

見た目もいいし、なかなかいい感じ。

すぐにダメになるより少々高くても長持ちするならその方が断然いいな。

「それじゃこれでお願いします」

「はい。あと、元冒険者たちには、こちらのブーツはどうでしょうか？　先ほどと同じレッドボアの皮を使っていますが、つま先に鉄の板を仕込んであるので丈夫なのはもちろん、無手になってしまったときの攻撃にも使えます」

そう言ってランベルトさんがつま先部分を叩《たた》くと、コンコンと硬質な音が鳴った。

元冒険者5人もランベルトさんの説明に食い入るようにブーツを見ている。

確かに丈夫そうだな。

それに鉄板を仕込んでいるなら、これで蹴りを放ったらけっこうな攻撃力になりそうだ。

「こちらの元冒険者5人はこれでお願いします」

みんなのサイズを合わせてもらって購入した。

子どもたちの分はこれからのことも考えて少し大きめのものを選んだ。

靴などめったに買い替えるものではないらしく、みんな感謝しきりだった。

紐の革靴が1足金貨1枚と銀貨6枚、鉄板入りのブーツが1足金貨2枚と銀貨4枚。

14足合計金貨26枚と銀貨4枚。

俺とランベルトさんの好《よしみ》で金貨26枚に負けてくれた。

ありがたや。

「ランベルトさん、石鹸《せっけん》やらシャンプーやらのことも彼らに任せることになると思いますので、よろしくお願いします」

「はい、分かりました」

ランベルトさんの話だと、卸すときはランベルトさんの店から馬車を出してうちまで取りに来てくれるそうだ。

件の輩に襲われたりしないか心配したけど、俺の家からランベルトさんの店までは街中ということもあり人通りもそれなりにあることもあって、目撃者が多数出るような街中ではまず襲ってはこないだろうということだった。

「ランベルトさん、もし、何かあった場合は……」

ランベルトさんに、何かあった場合にはこの14人を匿《かくま》ってほしいとお願いしたところ快く引き受けてくれた。

ランベルトさんには世話になりっぱなしだな。

今度心付けに何か渡しておこう。

「それではお世話になりました。あ、1つだけお聞きしたいんですが、服を買うのにおすすめの店ありますか？」

「それなら、ここをまっすぐ行った最初の角を左に曲がったところにあるマルタン服飾店が種類も豊富でおすすめですよ」

俺たちはランベルトさんの店を後にして、おすすめしてもらったマルタン服飾店へと向かった。

◇◇◇◇◇

「それでしたら、やはりこれでしょうな」

店主が俺に見せたのはヴィクトリアンメイドというのか、足首まである黒のロングドレスに白のエプロンの組み合わせのメイド服だった。

ランベルトさんおすすめのマルタン服飾店は、ランベルトさんの言うとおり種類も豊富だった。何でも店主は、俺も訪れたことがある紡績で有名なクレールの街の出身で、その伝手《つて》でいい服が手に入るとのことだ。

店に入り、すぐに対応してくれた店主に、14人が奴隷でトニ一家とアルバン一家の女性陣には主に家のことをやってもらって男性陣には庭の手入れをやってもらうこと、そして元冒険者5人には警備を担当してもらうことを話してどんな服がいいかを相談してみた。

そして、女性陣に合う服として見せてくれたのが、さきほどのメイド服だった。

「お屋敷の奴隷でしたら、間違いなくこれでしょうな。格調高い見栄えに、黒のドレスは汚れも目立ちません。汚れてもこのエプロンを交換すればいいわけですし」

なるほど。

メイド服はメイド服でも実用的な仕様に納得だ。

女性陣にはこれを替え用も含めて1人3着。

エプロンはこまめに替えることを想定して6着購入した。

5歳のロッテちゃんには普通の服でもいいかなと思っていたんだけど、「ロッテもこれがいい！」という本人のたっての希望で同じメイド服を。

この店、種類もサイズも豊富で、何でか幼児用のメイド服もそろえることができた。

「男性陣にはやはりこれですね」

店主が男性陣にとすすめてきたのはオリーブ色のオーバーオールだ。

生地も厚くて丈夫そうだな。

植木職人でもあったトニに聞いてみると、仕事着はこれだったとのこと。

それなら、これがいいだろう。

オーバーオールを1人3着とシャツは汗もかくだろうから多めに6着購入した。

「元冒険者にはこれがいいでしょう」

店主が出したのは厚手の濃いグレーのズボンだ。

スティールスパイダーという魔物の糸を混ぜ込んで織った布で非常に丈夫だとのこと。

ナイフ程度の刃であれば防ぐそうだ。

しかも、通気性も抜群で冒険者にも人気の品とのこと。

あれ、これ俺も欲しいかも。

ちょっと高めではあるが、この5人にはいざというときには体を張って守ってもらうんだからこれでいいだろう。

ズボンは1人3本でシャツは6枚購入だ。

もちろん自分の分のズボンも3本購入したぞ。

下着類は、俺も口を出しにくいから（特に女性のはね）各自自分で5枚ずつ選んでもらったよ。

「それでは、全部で金貨77枚となります」

やっぱり服はそれなりにするね。

支払いを済ませてマルタン服飾店を後にした。

替え用まで買ってもらえるという好待遇に大人たちは少々困惑していたけど、俺にとっては少々金がかかっても清潔にしていてもらった方が断然いいからな。

「ちゃんと替え用も買ったんだから、清潔を心掛けてね」

そう言うとみんな神妙に頷《うなず》いていた。

とは言っても、靴もそうだけど服も滅多に買い替えることはないみたいで、みんな新しい服に感激してたよ。

下着や靴下は、俺も愛用しているネットスーパーのものを渡すつもりだ。

特に下着は肌触りも値段もネットスーパーのものの方が断然いいからな。

さて、これで生活必需品はある程度そろったかな。

これなら明日から仕事を始めてもらってもいいかもしれないな。

それから自分たちで自炊してもらうのも。

よし、それなら食料品の確保だな。

肉は俺の手持ちの分を渡すとして、野菜類は市場で調達しないといけないな。

そうなると次は市場か。

みんなの荷物を預かってアイテムボックスへと一時保管して、俺たち一行は市場へと向かった。

◇　◇　◇　◇

「これで生活に必要なものもそろったと思うんで、明日から仕事をしてもらおうと思うんだけど、大丈夫かな？」

そう聞くと、みんな大丈夫だと答えた。

「それで、食事の方も明日からは自分たちで自炊してもらおうと思うんだけど……」

トニ一家とアルバン一家は問題ないとして、問題なのは……。

「タバサたちは大丈夫？」

そう聞くと、元冒険者5人がそれぞれ顔を見合わせている。

「儂《わし》は料理はからきしじゃぞ」

「俺も……」

「俺ができるわけねぇじゃん」

「同じくだな」

バルテル、ペーター、ルーク、アーヴィンが次々とそう言う。

ま、この4人に期待はしてなかったよ。

「えーと、タバサはどうなの？」

「ムコーダさん、姉貴が料理できるように見えるか？」

「そうそう。姉貴に料理は期待しちゃダメだぜ」

ルークとアーヴィンが「前に姉貴が作ったスープは激マズだったよな」なんてワイワイやっていると、アホ2人の後ろに忍び寄る影……。

ガンッ、ゴンッ。

アホの双子がタバサにど突かれている。

こいつら懲りないねぇ。

「そうなると、飯のことはアイヤとテレーザにお願いするしかないな。お願いできるか？」

「「はい」」

幸い2人とも主婦歴も長く、料理もお手のもの。

元冒険者5人の分も込みで、アイヤとテレーザが協力して14人分の飯を作るということになった。

市場ではアイヤとテレーザの意見を聞きつつ、日持ちしてよく使う野菜を中心に購入していった。

キャベツ、ニンジン、タマネギ、ジャガイモ。

それぞれ大きい麻袋に3つずつ購入。

それから日持ちはしないかもしれないが、トマトに似た野菜やらブロッコリーに似た野菜やら、それからキノコ類も購入した。

日持ちのことは気にしなくていいぞって言ったんだけど、2人とも主婦だからねぇ。

腐らせたらもったいないっていうんで、どうしても日持ちするものが多くなった。

俺の手持ちのマジックバッグも貸し出ししようと思ってるから、気にしなくてもいいのにな。

エイヴリングのダンジョンでマジックバッグ（特大）を手に入れたし、ドランでも2度目のダンジョンで幸運にもマジックバッグ（大）を手に入れたからな。

マジックバッグ（特大）はフェルたちが狩りに行くときに使うから、マジックバッグ（大）を貸し出すつもりでいる。

このマジックバッグ（大）は、けっこうな量入るし時間経過もなしだから、これがあれば野菜や肉なんかの生鮮食品も腐る心配はないし、俺が旅に出ても食いっぱぐれる心配はないだろう。

もちろん俺が旅に出るときにはある程度の食費は渡していこうとは思ってるけどな。

市場では野菜類を中心に仕入れて、帰りには昼飯用に屋台でレッドボアの串焼きを買った。

フェルたちの分込みだから相当な量になってしまったが、屋台のおっちゃんは思わぬ大量注文に嬉《うれ》しそうにしていた。

◇◇◇◇◇

買ってきたレッドボアの串焼きとネットスーパーで買った食パンで昼飯を済ませ、コーヒーを飲みながらホッと一息ついていると、そういえばと思い出した。

「そう言えば、トニたちには庭の手入れをしてもらうわけだけど、道具が必要だよな？」

みんなにはリンゴジュースを振舞ったんだけど、そのジュースが入ったマグカップを置いて、トニが「はい」と頷いた。

「道具でしたら、私がいつも頼んでいた店でそろうと思いますが」

そうか、それならその店でそろえてもらえばいいか。

いや、待てよもしかしたら……。

俺はネットスーパーを開いてみた。

えーと、園芸用品、園芸用品っと……、あった。

「トニ、ちょっと見てもらえるかな」

トニに見てもらうと、ネットスーパーで売っている園芸用の道具はこちらの世界で使っている道具とほぼ変わりないことが分かった。

トニと相談しながら購入したのは、刈込バサミ、園芸用のハサミ、園芸用のスコップ、鎌（小）だ。

他に必要と思われる道具は、芝を刈り込む大きな鎌と脚立。

さすがにそれはネットスーパーにはなかったから、トニに買いに行ってもらうことにした。

トニの話では店にお願いすれば商品を届けてもらえるそうだから、俺が付いていく必要もないみたいだからな。

金貨4枚あれば人数分そろえることができるって話だけど、足りないと困るだろうから多めに金貨5枚を渡しておいた。

「じゃ、護衛としてルークとアーヴィンも付いてってって」

そう言うとアホ2人が「何で俺たち？」とか何とかブツクサ言ってる。

「お釣りが出たら、帰りに買い食いくらいはしてきていいんだけどなぁ。それなら、他の人に……」

「ちょっと待った！　行くっ、行きます！」

「誠心誠意行かせてもらいますぜ！」

お前らなぁ、最初っからそう言いなさいよ。

「じゃ、トニ、この2人連れて行ってきてくれるか」

「はい」

3人を見送ったあとは、他に生活用品で足りないものがないか、残った面々に聞いていった。

「それでしたら、大きめの鍋をいただければ……」

遠慮がちにそう言ったのはテレーザだった。

14人分の食事を作るとなると、支給した鍋だと少し小さかったようだ。

そう言えば支給したのは小鍋と中鍋だったな。

フライパンも中くらいの大きさだから、こちらも大きいのを支給するか。

早速ネットスーパーを開いて、大きめの鍋と大きめのフライパンを購入した。

料理を担当することになるアイヤとテレーザに鍋とフライパンをそれぞれ2つずつ渡す。

使用人用の家には型は古そうだけど2口の魔道コンロが付いてるから、それに合わせて2つずつ支給した。

これを使えば何とかみんなの食事も作れるだろう。

他はすぐには思いつかないということで、あとは生活していく中で足りなかったら言ってもらうようにした。

あと、魔道コンロで俺が買わなきゃいけないものを思い出した。

魔道コンロには最初から魔石が組み込んであるけど、そうじゃないのがあったのだ。

風呂だよ風呂。

風呂のタンクに仕込む魔石を買ってこないと。

俺の手持ちに極小の魔石はないからな。

でも、魔石ってどこで買うんだろう？

とりあえず魔石の買取してる冒険者ギルドに行ってみりゃいいか。

ギルドマスターにもお願いしておきたいことがあるし。

◇　◇　◇　◇

フェルたちを引き連れて冒険者ギルドに入る。

俺を見た職員がサッと席を立った。

その後すぐにギルドマスターが姿を現した。

「おう、引き渡しは明日の約束じゃなかったか？　それとも早速依頼を受けに来てくれたのか？」

「いえいえ、違いますよ。買取の件とはまた別件で、ちょっと……」

「そうか。なら2階で話を聞こうか」

俺たちは2階のギルドマスターの部屋へ向かった。

◇　◇　◇　◇　◇

「……というわけで、この街に家を買いましたのでその報告です」

ギルドマスターにこの街に家を買ったことと、それに伴って奴隷を買ったこと、そしてランベルトさんとの商いに関して評判の良くない商会に目をつけられていることなどを話した。

「よーしっ、よしよしよしっ！　よくやった！　これでこの街もSランク冒険者のいる街になったな！」

ちょっと、そんな興奮しないでくださいよ。

「ギルドマスター、あのですね、この街に家は買いましたけど、まだ定住すると決めたわけでは……」

「何言ってんだよ、この街に家を買って奴隷まで買ったんだろ？」

「いやまぁ、それはそうなんですけど……」

「冒険者やってたら旅に出ることも多々あるだろうけどよ、帰ってくるのはこの街だってことだろ？」

「そりゃ、家がありますからね」

「そんなら拠点をこの街に決めたってことじゃねぇか」

………そういうことになるのか？

「何にしても、Sランク冒険者がこの街を拠点にしたってだけで箔《はく》がつくってもんだ！」

ギルドマスターにしてみると大いに歓迎すべきことらしい。

まぁそういうことなら、俺の頼み事もしやすいってもんか。

「それで、話の続きなんですけど、もし、何かあったときは、うちの奴隷たちを冒険者ギルドで匿ってほしいんです」

ランベルトさんにも頼んであるけど、こういう場所は多いに越したことはない。

「それくらいお安い御用だ。それにしても、お前も厄介なところに目をつけられたもんだなぁ」

ギルドマスターも件の輩スタース商会のことは知っているようで渋い顔をしている。

「あそこの後ろ盾になっているのはクルベツ男爵だって言われてるんだが、どっちもズル賢くて尻尾をつかませやしないって話だ」

ギルドマスターの話では、男爵という下級貴族といえども貴族は貴族で、確たる証拠もなく捕まえるわけにもいかず王宮でも苦慮しているそう。

「それにこう言っちゃなんだが、下級貴族の方が質《たち》が悪いのが多いんだよなぁ。今回の件だって、お前のことは王宮から伝達されているはずなんだが……」

俺の話も下級貴族の男爵位に伝わるときには伝聞の伝聞くらいになっていて、重く受け止めてはいないんだろうっていうのがギルドマスターの推測だ。

それに、平民に近い下級貴族の方が案外と貴族だってことを鼻にかけてる輩が多いという。

そんなこともあって、平民風情がどうなろうと我関せずで、大きな利益を生むスタース商会のやることにも特に口を出していないのだろうということだった。

「でも、そうなると、俺のところが襲われたとしても、結局確たる証拠がなきゃそのクルベツ男爵もスタース商会も罰することはできないってことですよね？」

「まぁ、そうなるわな」

「スタース商会ってなかなか尻尾をつかませないって話ですから、もし、俺のところを襲ったにしろ、スタース商会に繋《つな》がる証拠なんて残さないような気がするんですよね……」

「だろうな。裏稼業の奴らを雇い入れるにしても、スタース商会に繋がるような依頼の仕方は絶対しないだろうな」

何だよ、それじゃ襲われたら襲われ損ってことか？

「まぁ襲われないのが一番ってことだな。そのための手っ取り早い手段としちゃ、クルベツ男爵もスタース商会も手を出せないような後ろ盾なりコネなりを作ることだ」

そうなるのか……。

ランベルトさんの店はラングリッジ伯爵がご贔屓《ひいき》にしてることもあって、直接手出しされることはないだろうって話だったもんな。

俺もその辺考えなくちゃダメかも。

今までは面倒だって貴族とは関わってこなかったけど、みんなの安全を考えると貴族と関わりを持つことも致し方ないか……。

俺1人だったらフェルたちもいるし、何の心配もないけど、今はそうもいかないもんな。

特に俺が旅に出たときなんかは、今の状態だと心配だ。

タバサたち腕の立つ元冒険者がいても、何をやってくるか分からないし。

「ギルドマスター、ラングリッジ伯爵様と繋ぎを持ってもらうってことできますか？」

「そう言うと思ったぜ。お前がこの街に家を持ったってことは、どの道報告せにゃならんし、ミスリル鉱山を見つけた実績もあるから大丈夫だろう」

おお、案外大丈夫そうだな。

でも……。

「お会いするにしても、やっぱりお土産なんか持参した方がいいですよねぇ？」

「まぁ、そりゃあな。手ぶらよりは土産でもあった方が心証はいいだろうよ」

だよねぇ～。

石鹸やらシャンプーやらはお土産に入れるとしても、それだけだとインパクトがないよな。

これだってランベルトさんの店で売ってるんだから、既に手に入れてる可能性だってあるわけだしさ。

「伯爵様へのお土産って何がいいですかね？」

「うーむ、伯爵様となると大抵のものは手にしてらっしゃるからなぁ」

そうだよね、金もあるだろうし。

「何かこんなものがあればいいとかおっしゃっていたのを噂《うわさ》でも何でも知りませんか？」

俺にはネットスーパーもあるし、もしかしたらそれに合ったものをお土産にできるかもしれないしさ。

「そうだなぁ…………、あっ！　そういや伯爵様も儂と同じ悩みをお持ちだったな」

「ギルドマスターと同じ悩みって？」

「それはなぁ……」

ギルドマスターが切々と語ったのは、ズバリ髪の悩みだ。

ギルドマスターだが、ここのギルドマスターになって20年近く経《た》つこともあり、領主のラングリッジ伯爵とは大分長い付き合いなのもあっていろいろ個人的なことも話し合う仲のようだ。

その中で話題となったのが髪のことらしい。

世界は違えどある程度の年齢になると、こういう悩みはどこも一緒だな。

ギルドマスターも抜け毛と年々後退してくる額の生え際は悩みの種なんだそう。

言われてみると確かに生え際が大分後退している。

「効果があるという薬はいろいろと試してみたんだがさっぱりでなぁ」

実感がこもっているだけに哀愁が漂っている。

抜け毛に薄毛の悩みか。

確か、ネットスーパーでそれらしい商品があったような気が……。

キシャール様に献上するシャンプーやらトリートメントやらを見ていたときにあった気がするんだよなぁ。

「それでしたら何とかなるかもしれません」

ガタッ。

「なぬっ!?」

ギルドマスターが目の色を変えて立ち上がった。

「おっ、おいっ、何とかなるって、そんなものがあるのかっ!?」

ちょっ、ギルドマスター、興奮しすぎ。

「いや、まぁ、ちょっとした当てがありまして……」

「ゴホンッ、それを伯爵様にってことだな?」

「はい、一応」

「しかしだ、伯爵様に渡すには効果のほどを確かめてから渡すべきだと思うぞ」

………あんた、欲しいだけやん。

「効果のないものを渡しても、伯爵様をぬか喜びさせるだけ。効果がないとなれば、もしかしたら、お怒りになるやもしれんぞ」

まぁ、確かに一理ある。

効果云々《うんぬん》は、こういうものはすぐに効果が出るわけじゃないだろうからあれだけど、少なくとも頭皮が荒れないかどうかくらいは確かめておいた方がいいかもしれない。

ここに是非とも使いたいって人がいることだし。

「それじゃ、ギルドマスター、是非とも試していただけますか？」

「うむっ。責任をもって使ってみよう」

物は明日買取の代金を取りに来たときに渡すことで話はまとまった。

「明日、必ず、必ず持って来いよ」

「分かってますって。あ、そうだ、極小の水の魔石と火の魔石が欲しいんですけど、どこに売ってるんですか？」

「極小の魔石か？　それならうちでも売ってるぞ」

冒険者の持つ生活系の魔道具に極小の魔石が必要になることもあるため、極小に限り冒険者ギルドでも取り扱っているそうだ。

窓口で普通に買えるらしい。

俺は、窓口で極小の水の魔石と火の魔石を3個ずつ購入（極小と言えど魔石は魔石で1個金貨2枚だった）し、冒険者ギルドを後にした。

帰ったら、ネットスーパーで育毛剤を買わないとな。

◇　◇　◇　◇　◇

家に帰ったところで、使用人用の風呂のタンクに水の魔石と火の魔石をセット。

ちゃんとお湯が出るのも確認したからバッチリだ。

それからみんなに石鹸やらシャンプーやらの使い方を指導した。

途中で、石鹸トレイと湯おけ、体を洗うボディタオルを支給してないことに気付いて、ネットスーパーで購入して各自に支給しておいた。

そうこうしているうちに、トニとアホの双子も帰ってきた。

芝用の大鎌やら脚立やらは、明日の朝のうちにここに届けてくれるとのことだった。

夕飯は、作り置きを大放出。

オークの生姜《しょうが》焼きやら味噌焼きやら、ブルーブルのチンジャオロースーやらの残ってたもので丼を作って出した。

米、大丈夫かなって思ったけど、案外みんな大丈夫だった。

それよりもみんなフェルたちが美味そうに食ってた丼が気になっていたようで喜んでいた。

特にアホの双子2人は………。

「あっ、こらっ、お前らそれフェルの分だぞっ！　お前らのはこっちだよっ」

フェルのおかわり用によそっておいたステーキ丼を、いつの間にかアホの双子ががっついていた。

よりにもよってフェルの好物のステーキ醬油《しょうゆ》がかかっているステーキ丼をだ。

「あ、そうなの？　ごめんごめん。でも、これ美味いなぁ～」

「すまんすまん。でも、食い始めちゃったし、食っちゃってもいいよね？」

ガツンッ、ゴツンッ。

さすがにこれにはタバサからの強めの鉄拳制裁が下った。

「すみません、ムコーダさん。フェル様もすみません。ほらっ、あんたたちも謝んなっ！」

「「すんません」」

鉄拳制裁をくらった頭を撫《な》でながら、アホの双子が俺とフェルに頭を下げた。

しかしながら、肉好きのフェルの腹の虫は収まらず……。

ゴゴゴゴゴ――――。

おかわりを奪われたフェルが憮然《ぶぜん》とした表情で2人の前に立った。

『我のおかわりを奪うとは言語道断。お主らのような無礼者は嚙《か》みころ……』

「まっ、まぁまぁまぁ、2人とも謝ったし、今回だけは許してやりなよ」

歯をむき出しにして物騒なことを言い始めたフェルを慌てて止めた。

さすがの2人もフェルの形相にビビって青くなっている。

『お主、この無礼者を庇《かば》い立《だ》てするのか？』

「い、いや、そういうわけじゃないんだけど……。謝ってるし、一応、俺の奴隷だしさ。そ、そんなことより、そのステーキ丼より美味いステーキ丼を作ってやるから。気を静めてくれよ、な」

念話で『ドラゴンの肉で今新しいステーキ丼作ってきてやるからさ』と伝えてなんとかなだめた。

せっかく買った家で死人が出るとか、ホント勘弁です。

『しょうがない。今日のところはそれで手を打つ。だが、我の肉を奪ったこの2人にはそのうちに目にもの見せてくれるわ。フンッ』

鋭い目つきでアホの双子を睨《にら》みつけながら何だか不穏なことを念話で伝えてきたフェル。

おいおい、一応2人は俺の奴隷なんだからあんまり無茶なことはすんなよな。

ホント、お願いだよ。

◇ ◇ ◇ ◇ ◇

翌朝、俺の目の前に勢ぞろいした14人は見違えるほどだった。

風呂に入ってさっぱりした体に昨日支給した服と靴を身に着けたその姿は別人のようだ。

「それじゃ、昨日も話したけど、庭の手入れはトニを中心に、母屋の掃除はアイヤとテレーザが主で男性陣も含めての石鹸やらシャンプーやらの詰め替えのときも2人が中心になってやってくれ。警備の方はタバサが中心になって、門には1人常駐してあとは敷地の見回りだ。夜も1人は警備というか警戒に当たってほしいから、その辺は5人でうまく回してくれ」

昨日の夕飯を食い終わった後に、仕事のことでちょっと打ち合わせをしていた。

庭の手入れについては、経験もあるトニを中心に。

母屋の掃除はアイヤとテレーザが主に担当してもらって、トニ一家とアルバン一家には全員でもって石鹸やらシャンプーやらの詰め替え作業もしてもらうつもりだから、それについても2人が中心にやることに。

一応子どもたちは午前中のみの仕事とした。

そして、6日働いたら1日休みとして、報酬はトニ一家もアルバン一家もともに1家族分として金貨1枚。

これは奴隷契約のときに決められた報酬だ。

これじゃ少なすぎやしないかと思ったんだけど、奴隷商のラドスラフさんには「これでも破格の報酬ですよ」と報酬の増加は止められた。

今でも少なすぎではと思うものの、食費などの生活費は俺持ちなんだからこれはこれでいいのかと思うようにした。

警備の方は、男どもの方は自由気ままというか我が道を行くタイプばっかりなので、ここはあのアホ双子の姉でもあり面倒見の良さそうなタバサに中心になってもらうことにした。

門に1人は常駐してもらって、あとは敷地内を巡回警備。

夜も誰か1人は警備に当たってほしいから夜勤もありなので、その辺は上手《うま》い具合に調整してほしいところだ。

ローテーションを組んで、少なくとも10日に1度は休みが取れるようにすることも伝えてある。

警備の方は正しく体を張っているので、報酬は1人金貨1枚だ。

これもトニ一家やアルバン一家と同じく少なすぎやしないかと思ったんだけど、ラドスラフさん曰《いわ》く「こちらも多すぎるくらいです」とのことだった。

とにかくこんな感じで仕事を開始してもらった。

ああ、アイヤとテレーザたちには、ネットスーパーで購入した掃除道具をいろいろと大量に支給したぞ。

雑巾5枚セット、バケツ、箒《ほうき》、ちり取り、モップ、ハンディタイプのほこり取り、粘着テープのカーペットクリーナー、環境にやさしい各所に使えるマルチタイプの洗剤等々。

もちろん使い方もレクチャー済みだ。

ロッテちゃんはまだ小さいから遊んでもらっていていいんだけど、粘着テープのコロコロが気に入ったのか、楽しそうにコロコロしてたよ。

この掃除道具は自分たちの使用人用の家でも使えるよう、別途同じものを支給してある。

やっぱり家はキレイにしていた方が住んでいて気持ちいいからな。

そんな感じで各自仕事を開始したのを見届けてから、俺はフェルたちを連れて冒険者ギルドに向かった。

# 第二章　神薬　毛髪パワー

フェルたちを連れて冒険者ギルドに入ると、まるで待っていたかのようにすぐにギルドマスターが姿を現した。

「よく来たたな！　それで、例のものは持ってきたんだろうな」

「持ってきましたけど、それより肉の引取と買取代金の受け取りを先に……」

「そんなのは後だ後っ。よし、儂《わし》の部屋に行くぞ」

問答無用でギルドマスターの部屋へと連れて行かれた。

気になるのは分かるけど、ギルドマスター、先走ってんなぁ。

テーブルを挟んで向かい合って座るギルドマスターと俺。

期待の籠った目でギルドマスターが俺を見ている。

「よし、例のものを見せてくれ。儂が責任を持って試す」

俺は、昨日の夜にネットスーパーで選んだ育毛剤をアイテムボックスから取り出した。

プラスチックの容器のまま出すわけにはいかないから、瓶へと移し変えたものだ。

「こ、これか……」

ギルドマスターの目が育毛剤の入った瓶に釘付《くぎづ》けだ。

驚くことにネットスーパーでも育毛剤は数種類売っていた。

薬局で売っているような医薬品ではないものの、数種類そろえているということはそれだけ需要があるということなんだろう。

それだけ気にしている人が多いってことだろうね。

その中で俺が選んだのは、金色と黒のグラデーションの箱がいかにも効きそうな感じの発毛促進＋脱毛抑制作用が売りの育毛剤だ。

説明では、毛根細胞内のタンパク質に作用して発毛促進・脱毛抑制するとのことだ。

「それとですね、これを一緒に使うとさらに効果が期待できるんです」

育毛剤のあとに取り出したのは、同じシリーズのシャンプーだ。

もちろんこれも瓶に詰め替えたもの。

このシャンプーを使うことによって、頭皮の余分な皮脂の汚れを取りのぞき育毛剤の浸透を助けるそう。

同じシリーズのシャンプーと育毛剤をともに使うことで、より効果が発揮されるというのだ。

昨日の夜「なるほどねぇ」なんて思いながらこの育毛剤とシャンプーを選んだわけだけど、それがね……。

◇　◇　◇　◇　◇

「同じシリーズのシャンプーと育毛剤をWで使うと効果的ってわけか。ふむふむ、これいいかも。そうは言っても、こういうものって、そんなすぐ効果出るもんじゃないし」

そりゃ効果がすぐに出た方がいいに決まってるけど、こういうものは使い続けることによって初めて効果が実感できると思うんだ。

まぁ、ネットスーパー《異世界》のものだから、効果は高くなっているとは思うけど……。

それでも、伯爵様へのお土産だし、すぐに効果が出るに越したことはないよな。

何か方法がないかと俺もいろいろと考えてみた。

「即効性、薬、液体……、ネットスーパーで買った別の育毛剤を混ぜてみる？　いや、違うな。それぞれの会社が独自の成分で作ってるんだから、それを混ぜたら逆によくなさそうな気がする。そうなると、ネットスーパーのもので混ぜられそうなもんが思いつかないんだけど……。ネットスーパーじゃなく、こっちのもんならどうだろ？　こっちのもんで液体で薬っつったらポーションか。ポーションか、ポーションねぇ………あっ、エリクサー！」

そして思いついたのが、スイ特製エリクサーだ。

これをネットスーパーの育毛剤に混ぜてみることにした。

だって、スイ特製エリクサーは寿命こそ延びないけど万病に効く薬なんだぜ。

それを混ぜたらすんごく効きそうじゃね？

そんな安易な気持ちだった。

それで俺は試しに瓶に移し変えた育毛剤に、スイ特製エリクサーをポチョンと1滴入れてみたんだ。

そうしたら、瓶が一瞬白く光って……。

無色透明だった育毛剤が透明な薄いピンク色の液体に変化していた。

「うおっ、い、色が変わった」

とにかく鑑定だと思って鑑定してみた。

そうしたら………。

【神薬　毛髪パワー】
異世界の育毛剤にスイ特製エリクサー（劣化版）を混合することによって生まれた神薬。育毛・発毛に抜群の効果をもたらす。薄毛・抜け毛の特効薬。あきらめていたあなたも、この薬があれば若かりし日のあの頃の髪へ。

「ブフォッ……」

思わず噴いた。

「し、神薬って………。育毛・発毛に抜群の効果をもたらす？　薄毛・抜け毛の特効薬？」

な、なんか、スゴイのができた………。

それと鑑定の最後の〝あきらめていたあなたも……〟って件《くだり》、何なのさ？

わけ分かんねぇ～。

「ま、まぁ、とにかく悪い影響を及ぼすような薬ではなさそうだけど。とにかくだ、効果だけは実際に確かめてみないと何とも言えんな」

明日、これをギルドマスターに渡して効果のほどを確かめさせてもらうとしよう。

◇◇◇◇◇

ということで、今ここにあるのは昨日できたばかりの【神薬　毛髪パワー】だ。

鑑定からいうと効くのは間違いなさそうなんだけど、どうなることか……。

「これと、これだな。して、どう使うのだ？」

俺は、ギルドマスターに使い方を説明した。

「これは、シャンプーというものです。夜、これで髪の毛を洗ってください。これで洗ってからこちらをつけた方が浸透がよくなってより効果が発揮されますので」

「うむ。これで洗ってからだな」

「髪を洗ったあとは、水気をよく拭いて、こちらの育毛剤を少量ずつ手にとって頭皮全体に揉《も》み込むようにマッサージしながらつけていきます」

「これで揉み込むようにだな」

ギルドマスターが【神薬　毛髪パワー】の入った瓶を熱心に見つめている。

「あ、量は少量ずつですからね。たくさんつけても、効果が上がるわけじゃないですから」

多分。

「早速今晩から使わせてもらう」

そう言ってギルドマスターが、シャンプーと育毛剤の入った瓶を大切そうに机の中にしまった。

「それじゃ、下で肉の引取と買取代金の受け取りをして帰りますんで」

「ああ」

気の抜けた、心ここにあらずといった感じのギルドマスターの返事。

シャンプーと育毛剤が気になるのは分かるけど、大丈夫か？

そんな心ここにあらずなギルドマスターを1人残し、俺はそっと部屋を出た。

1階に降りると勝手知ったるで、倉庫まで向かい、ヨハンのおっさんに声をかけた。

「すみません、肉引き取りに来ました」

「おー、兄さんか。準備できてるよ」

ワイバーン、ワイルドバイソン、ゴールデンシープ、ジャイアントホーンボア、ロックバード、ブルーブル、ジャイアントターキー、そしてキマイラの肉を受け取った。

うーん、大量。

これでしばらくは食いっぱぐれることはないかな。

それから肉以外の素材の買取代金だ。

内訳を説明してもらって、合計が……。

「〆て金貨7685枚だ」

おお、そんなになったのか。

ちょっとビックリだ。

「兄さんとの取引はいつもデカいが、今回はワイバーンがいて、さらにキマイラもいたからな」

驚いている俺を見て、ヨハンのおっさんがそう言った。

そういや内訳でもキマイラの素材はけっこうな額になってたもんな。

毛皮、牙、爪、毒袋、その他内臓も素材になるらしく買取対象になっていた。

「今回は額が額だから、白金貨と金貨の支払いにさせてもらったぞ。金貨7685枚で、白金貨76枚と金貨85枚だ。確認してくれ」

白金貨と金貨の入った小さめの麻袋を渡された。

中の白金貨と金貨の枚数を確認する。

「はい、あります」

「また珍しいの持って来いよ！」

「フェルたちの狩り次第ですけど、なんかあればまた買取お願いします」

大量の肉と買取代金を受け取り、俺たちは冒険者ギルドを後にした。

◇◇◇◇◇

ギルドマスターに【神薬　毛髪パワー】を渡して3日が経《た》った。

その間の俺はというと、奴隷たちの様子見がてら、作り置きの料理を作ったりしながら家でのんびりと過ごしていた。

フェルは狩りに行けなくてブツクサ文句を言っていたけど、ドラちゃんとスイと一緒に広い庭を駆け回ってストレス解消していたよ。

トニ一家とアルバン一家、そして元冒険者5人の14人は、はりきって仕事をしている。

コスティ君にセリヤちゃん、オリバー君とエーリク君とロッテちゃんの子ども組も仕事に勤《いそ》しんでるよ。

その中の最年少のロッテちゃんも、毎日元気にコロコロを転がしている。

「毎日おいしいご飯が食べられるから、ロッテもがんばるの！」

とのことだ。

アイヤとテレーザには、オークの肉とブルーブルの肉、そしてコカトリスの肉がたっぷり入ったマジックバッグを渡してあるからな。

毎日肉が食べられるのが嬉《うれ》しいらしいぞ。

それに調味料もいろいろと渡してあるからな。

いろんな味が楽しめてそれも嬉しいって言ってたな。

「ロッテねー、〝やきにくのたれ〟と〝てりやきのたれ〟で焼いたお肉が大好き！　すっごくおいしいの～」

ロッテちゃんがそう力説してたぞ。

ふふふ、アイヤとテレーザには焼き肉のタレとてりやきのタレも渡してあるんだ。

これを絡めて焼けばどんな肉でも美味《うま》くなるって教えたから、早速使ったみたいだ。

米もたっぷり渡して、米の炊き方も教えてあるから、最近は俺の真似《まね》をして丼も作っているようだ。

とにかく、食も充実してみんなヤル気が漲《みなぎ》っている。

あのアホの双子2人もどうなることやらと思ってたら、やるとなったらきっちり仕事はこなすタイプのようで問題なく警備に従事している。

その辺も含めてきっちりタバサが仕切っているようで、今のところ何の問題も起きていない。

このまま何もないまま件《くだん》の輩《やから》もどっかに行ってくれればいいんだけどね。

そのためにも、ギルドマスターにはラングリッジ伯爵に早いところ繋《つな》ぎをつけてもらいたいところだ。
その布石が【神薬　毛髪パワー】だな。
【神薬　毛髪パワー】、ちゃんと効果を発揮していてくれよ〜。
俺はフェルたちを引き連れて、ギルドマスターの様子を見に冒険者ギルドへと向かった。

◇◇◇◇◇

冒険者ギルドに入ると、職員がすぐにギルドマスターを呼びに行ってくれた。

程なくして姿を現したギルドマスター。

「お〜、よく来たな！　それで、どうだ？」

ニコニコ顔でそういうギルドマスターを見て、俺は口をあんぐり開けた。

「ギ、ギルドマスター、か、髪が………」

「ふふん、どうだ？　男っぷりが上がったろう」

上機嫌でそう言った。

そ、そりゃあ上機嫌にもなるわぁ。

なんと、ギルドマスターの髪が、後退していた生え際がフサフサになっていたうえに白髪だった髪が茶色になっていたのだから。

そんなやり取りのあと、2階のギルドマスターの部屋でじっくりと話を聞くことになった。

「何とまぁ、変わりましたね」

この間からたった3日間での激変だ。

「ああ。お前からもらったシャンプーと育毛剤のおかげだ。特にあの育毛剤は儂にとっての救世主だな」

ギルドマスターがそう言って、シャンプーと育毛剤を使ってみた経過を話してくれた。

俺がシャンプーと育毛剤を渡した日の夜に、早速使ってみたそう。

俺の説明したようにシャンプーでしっかりと髪を洗ったあとに、少量ずつ【神薬　毛髪パワー】を頭皮全体に揉み込むようにマッサージしながらつけて寝たとのこと。

「翌朝の驚きったらなかったぜ。髪が抜けちまった生え際に新しい髪がうっすらと生えてきてんだ！」

しかも、その髪の色は茶色。

歳《とし》を取ったせいで、白髪になってしまったが、ギルドマスターの元の髪の色は茶色だった。

元の髪色の新しい髪が生えてきたのだ。

それに加えて、白髪の根元からも茶色い髪が伸びていた。

「これは今まで使ってきたようなまがい物とは違う。これは本物だ！」

そう実感したギルドマスターは、朝にも育毛剤をしっかり頭皮全体に揉み込むようにした。

それを朝に晩に続けた結果……。

「今朝起きたら、茶色い髪がずいぶんと伸びて来ててなぁ。この際だから、白髪部分は全部切って、髪を整えてきた」

そう言って、ギルドマスターが短いがフッサフサになった茶色い髪を手ぐしで梳《す》いて見せた。

「茶色い髪など何年振りか。10、いや20は若返った気分だぞ！　ガハハハハッ」

そりゃあ上機嫌で笑いたくもなるわー。

確かに若返ってるもん。

白髪じゃないだけで、こんなにも違うもんなんだなぁ。

まぁ、フサフサになってるのもあるんだけどさ。

でも、髪色が違うだけで若々しく見えるのは確かだよ。

【神薬　毛髪パワー】の鑑定にあった〝この薬があれば若かりし日のあの頃の髪へ〟ってのは誇張でも何でもなかったんだなとしみじみ思う。

「とにかく、効果はバッチリですね」

「うむ。試した儂が証拠だ」

「ということは……」

「儂と同じ悩みをお持ちのラングリッジ伯爵には至急伝えなければ、いや儂の若返った姿を見せねばなるまい。フハハハハハッ」

フッサフサかつ髪色も戻って若返った自分を自慢するんですね、分かります。

「儂を見てどんな反応をされるかな？　今から楽しみだ。ククク」

まったくどんだけ自慢したいんだよ。

既に先触れも出してあるとのことで、ギルドマスターは2、3日中にはラングリッジ伯爵の下に向かうとのことだった。

「そうだ。この効果を知れば、伯爵様もすぐにお前に会いたがるだろう。あれは儂らのようなもんにとっては正に神のごとき薬だからな。お前も準備しておけよ」

神のごとき薬か………、うん、間違ってないね。

これ、神薬だし。

いよいよ伯爵様とご対面か。

そこら辺は抜かりなく準備しておきますよ。

「それとだな、儂を見て商人どもが騒ぎ出している」

何でも、ギルドマスターの激変をいち早く察知した商人たちが毎日やって来るんだそうだ。

特に薄毛で悩む商人たちはあわよくば自分もと望み、かつそこに金の匂いを嗅ぎ取って、どこで手に入れたのかとしつこいくらいに聞きに来るという。

まぁ、ここまで激変するとねぇ。

「もちろん相手にはしていないが……。これを売りに出す気はないのか？」

「うーん、あまりそのことは考えてませんでしたが、ご要望があれば売りに出すこともやぶさかではありません」

「何を言ってんだっ。この効果だぞっ、欲しいって者はいくらでもいるわい。現に儂も欲しいわ。お前からもらったものがまだ残っているとはいえ、これは何本か確保しておきたいくらいだからな」

ギルドマスターがすごい目力で力説してくれたよ。

「ま、まぁ、売り出すとなれば、懇意にしているランベルトさんの店にお願いすることになると思います」

「ランベルト商会か。売り出すときは教えてくれよ」

自腹でも購入する気満々のギルドマスターに「分かりました」と答えておいた。

◇　◇　◇　◇　◇

冒険者ギルドでギルドマスターに会ったあとは、この3日間の間に作った作り置きの肉巻きおにぎりで簡単に昼を済ませて、フェルたちの希望で街の外へと狩りに出かけた。

昼過ぎからの狩りで、今日のところはあまり時間もないことから街からはそれほど離れていない森での狩りとなった。

とは言っても、フェルとドラちゃんとスイは俺を置いたら遠くまで行くんだろうけど。

「飯の用意しておくから、暗くなる前に戻って来いよ」

フェルの首にマジックバッグ（特大）をかけてやりながらそう言った。

『うむ。では行ってくる』

『大物狩ってきてやるぜ！』

『あるじー、ビュッビュッってやっていっぱいとってくるから待っててねー』

そう言ってフェルとドラちゃんとスイが、森の奥へと駆けて行った。

「さてと、飯の仕込みするか」

帰ってから飯を作るのも面倒だし、どうせならフェルたちが狩りに行っている間に用意して、ここで済ませてしまおうという魂胆だ。

「何を作ろうかな……。そうだ、外だし、久々にＢＢＱでもするか」

となると、何の肉を使うかだな。

肉はさっき冒険者ギルドで引き取ってきたばっかりだから、けっこういろいろあるんだけど。

アイテムボックスを探る。

「んーと、よし、今日はこれだ」

俺はロックバードの肉を取り出した。

「今日は鶏肉《とりにく》、じゃなくてロックバードの肉をメインにＢＢＱだ」

今回、肉を漬け込むタレはＢＢＱソースにしてみた。

ハチミツ入りの甘めのタレで後引く味だ。

作り方は、ケチャップ、ソース（ウスターでも中濃でも好みによってでＯＫ。ちなみに俺は中濃を使用）、ハチミツ、おろしニンニク（チューブ入り）を混ぜるだけ。

粒マスタードを入れても美味いぞ。

今回は、両方作ってみた。

適当な大きさに切ったロックバードの肉に味がしみ込みやすいようにフォークでプスプス穴を開けたら、ビニール袋に入れてＢＢＱソースをかけて漬け込めば準備ＯＫ。

これを粒マスタード入りＢＢＱソースの分も作っておく。

フェルたちのために両方とも大量に作った。

もし余っても、これはフライパンで焼いても美味いから大丈夫だからな。

あとは野菜類だな。

つっても、食うのは俺とスイくらいなんだけど。

ドラちゃんも食うのは食うけど、基本肉の方が好きだからあんまり食わないし、フェルにいたっては野菜を見ただけで顔を顰《しか》めるし。

スイは、肉の方が好きではあるみたいだけど、野菜もそれなりに食ってくれる。

ま、野菜は余らない程度にだな。

ネットスーパーで、自分の食いたい野菜を選んでいく。

「やっぱりトウモロコシは食いたいな。皮をつけたまま蒸し焼きにするから手間いらずだし。それからアスパラだろ。あとは～……」

甘みのあるパプリカとシャキシャキした食感が楽しめるエリンギにしてみた。

パプリカはオリーブオイルをつけて丸焼きにするから、下処理しておくのはアスパラとエリンギだ。

アスパラはピーラーで下の方の固い皮を剝《む》いて、エリンギは適当な大きさに割いておく。

「これで食材の方はＯＫだな。あとはバーベキューコンロを出して準備しておくか」

アイテムボックスからドランで作ってもらった特製バーベキューコンロを取り出した。

その特製バーベキューコンロの引き出し部分にネットスーパーで購入した木炭を入れて準備をしていると……。

ガサッ、ゴソッ――。

木々をかき分けてこちらに近づいてくる気配が。

いったん手を止めて、アイテムボックスからミスリルの槍《やり》を取り出した。

フェルに結界を張ってもらっているし、この辺はまだ街にも近い場所ではあるから、そんな大層なもんは出ないだろうと思うけど……。

ゴブリンかオークだろうと予想をつけつつも、ミスリルの槍を構えて、相手が現れるのをジッと待った。

そして現れたのは…………。

「あれ？　ラーシュ、さん？」

「んっ、ムコーダさんじゃねぇか！　こんなとこで何やってんだ!?」

木々をかき分けて姿を現したのは、懐かしい見知った顔の〝不死鳥《フェニックス》〟の面々だった。

◇　◇　◇　◇　◇

「なるほど。依頼の帰りってわけですね」

「ああ。このまま街に帰るには早いからな。ちょっとした小遣い稼ぎってわけさ」

フェニックスの面々は、依頼で近くの村まで行っていたそうだ。

何でも、その村の近くにグレイウルフの群れが住み着いてしまって、その群れの討伐依頼とのことだった。

「で、ムコーダさんは、こんなとこで何やってんだ？」

「ああ、俺の方はですね……」

フェルたちの狩りに付き合って森まで来たことを伝えた。

「とは言っても、俺はここで待ってるだけなんですけどね。あ、そうだ。フェルたちが帰ってきたら、ここで飯にするんですけど、皆さんも食ってってくださいよ。久々の再会なんですし」

「それじゃ、ご馳走《ちそう》になるか」

「「「ゴチになりますっ」」」

こうして、フェニックスのメンバーもBBQに加わることになった。

BBQはフェルたちが帰ってきてからなので、とりあえずアイテムボックスに残っている材料で超簡単に作れるキャベツとベーコンのコンソメスープを作って振舞うことにした。

ベーコンを1センチ幅に切って、キャベツはざく切りに。

鍋にオリーブオイルをひいてベーコンを炒《いた》めたところに水を入れて、固形のコンソメを入れる。

そこにざく切りにしたキャベツを入れて、キャベツが煮えたところで塩胡椒《こしょう》で味を調えたら出来上がり。

「フェルたちが帰ってくるまでもうちょっと待ってくださいね」

みんなにスープの入った器を配った。

「お、すまないな」

俺も一緒にいただくことにする。

「それにしても、戻ってきたんだなぁ」

俺を見てそうしみじみと言ったのは、どこだかのギルド職員のサンドラちゃんとお付き合いしているというシードルだ。

「いろいろと噂《うわさ》はこっちまで伝わってきてるぜ。ドランのダンジョン踏破したとかさ」

コンソメスープを啜《すす》りながらヘンクがそう続ける。

「そうそう。エイヴリングのダンジョンも踏破したって話だしさ」

うんうんと頷《うなず》きながら、アロイスがそう言った。

「おいおい、その前にSランクになったってことだろ。俺なんてSランク冒険者と知り合いだって自慢しちゃったぜ」

フェニックスの中で一番年若いセサルが笑いながらそう言う。

「いやまぁ、みんなフェルたちのおかげというかですね……」

俺もコンソメスープを啜りながらそう答えた。

何と言ってもダンジョン踏破はフェルたちがいなきゃ無理な話だったしね。

Sランクだってフェルたちがいなかったらなれなかっただろうし。

「まぁ、あれだけ強い従魔を従えていたらなぁ」

ラーシュさんがフェルを思い出しているのか、しみじみとそう言った。

そういやドラちゃん加入はカレーリナの街を出た後だから、フェニックスの面々とは面識がなかったな。

「この街を出てから、従魔が増えたんですよ」

「そうなのか？　どんな奴《やつ》なんだ？」

「ええと、そのうち戻ってくると思うんで見てもらった方が早いと思うんですけど」

『戻ったぞ』

フェルの声が脳内に響いた。

「あ、戻ってきたみたいです」

木々をかき分けて俺たちの前に姿を現したフェルとドラちゃんとスイ。

バシャッ――――。

ラーシュさんがコンソメスープの入った器を落としていた。

「ド、ドラゴン？」

ラーシュさん以外の面々もスープの器を持ったまま固まっていた。

◇◇◇◇◇

呆然《ぼうぜん》としているフェニックスの面々にドラちゃんを紹介する。

「俺の従魔に加わったドラちゃんです。ドラゴンはドラゴンなんですけど、ピクシードラゴンっていう珍しい種類で、これで成体なんですよ。とは言っても、めちゃくちゃ強いですけどね」

「そ、そうなのか。いや、フェンリルの次はドラゴンの子どもを従魔にしたのかと思ってちょっと驚いた」

ラーシュさん、ドラゴンの子どもじゃないけど、ドラちゃんも一応ドラゴンなんだけど。

「俺も。てっきりドラゴンの子どもだと思った。ムコーダさん、これ以上戦力強化していったい何やるつもりなんだよってさ」

ヘンクがそう言うと、シードル、アロイス、セサルが「俺も、俺も」と同意している。

いや、別に何をやるつもりもないし、俺が無理矢理に従魔にしたわけじゃないんだけど。

『おい、そこの人間ども失礼だな！　強さに大きさは関係ないんだぞ！　俺は図体《ずうたい》がデカいだけのドラゴンなんかには負けてないんだからな！』

ドラちゃんが念話でそう抗議してくる。

『まぁまぁまぁ、ドラちゃんの強さは俺が分かってるからさ。それに、どんな獲物が獲《と》れたのか見せてやればフェニックスの面々もドラちゃんが強いって分かるんじゃないの』

『そうだった。フハハハハハ、今日はすっげぇ大物獲ってきたんだぜ！　なっ！』

『うむ。短い時間だったが、そこそこの獲物が獲れたぞ』

『スイもビュッビュッってしていっぱいとったー！』

じゃあ、どんなものを獲ってきたのか確認させてもらいますか。

「飯の前にフェルたちの獲ってきたものだけ確認させてもらっていいですか？」

「もちろんだ。俺たちも興味あるしな」

ラーシュさんがそう言うと、ほかの面々も頷いている。

フェルの首にかかっているマジックバッグを外して、中のものを探る。

「それはマジックバッグか？」

「ええ。エイヴリングのダンジョンで出たものです」

「マジックバッグか。いいな」

「ああ。でも、マジックバッグ狙いならダンジョン行くしかないな」

「やっぱダンジョンか」

「俺らも行ってみるか？」

俺の所持するマジックバッグを見て、普段はカレーリナを拠点にこの周辺で活動しているフェニックスの面々がダンジョン行きを考え始めている。

「まぁ、潜っても必ず出るってもんじゃないと思いますけど」

俺たちは幸運にもいくつか取得できてるけど、それも最終階層まで行ったからというのもあると思うし。

下層に行けば行くほどお宝が出るわけだしさ。

「とりあえず出しますね」

「おおっ、すまんすまん」

まず出てきたのは、見たことのある魔物だ。

「これは、ブラッディホーンブルですね」

『それ、スイがビュッビュッってして倒したんだよー！』

スイが倒したものらしい。

確かに酸弾のあとらしきものがある。

『見たことある牛さんがいっぱいいたから倒したんだー。だってこの牛さんのお肉おいしいんだよね』

『そうだ。よく覚えてたな。スイはえらいなぁ』

『えへへ～』

ブラッディホーンブルは全部で20頭。

これの肉は美味いから多いに越したことはないな。

「ブラッディホーンブルが20頭か……スゲェな……」

「これだけ並ぶと壮観だな……」

フェニックスの面々がズラリと横たえられたブラッディホーンブルに呆気《あっけ》にとられている。

ここが開けた場所で良かったよ。

いったんブラッディホーンブルをしまって、次に出てきたのは……。

「え、ずいぶんデカいな。何だこれ……」

出てきたのは、頭の先から尾の先まで5メートルはあろうかというトカゲっぽい魔物だ。

「こ、これはッ……」

ラーシュさんがトカゲっぽい魔物を見て驚いた声を上げた。

「ラーシュさん知ってるんですか？」

「多分な。前に本で見たことがあるんだが、これはおそらくSランクのギガントミミックカメレオンだ」

Sランクと聞いて、フェニックスの他の面々がどよめいている。

これくらいで驚いてたらまだまだですよ。

こいつら、平気でドラゴン狩ってきますからね……、ハハハ。

って、これトカゲじゃなくカメレオンか。

言われてみればそんな感じだ。

『どうだ、スゲェだろう。これは俺が獲ったんだぜー。こいつ、生意気にも俺のこと食おうとしたんだぜっ。頭にきたから、返り討ちにしてやったんだ！』

お、おお、そうか。

手を出した相手が悪かったな、カメレオン。

南無〜。

「こ、これは、フェンリルが？」

「いえ、これを獲ったのはドラちゃんみたいですよ」

ラーシュさんの問いにそう答えると、フェニックスの面々が全員目を見開いてドラちゃんを凝視していた。

『へへん、どうだ！　俺は強いんだからな！』

そう言ってドラちゃんが俺たちの周りを飛び回った。

でもその言葉、フェニックスの面々には聞こえてないからな。

ギガントミミックカメレオンもいったんしまって、次を……。

ん、なんかこれもデカそうだな。

出てきたのは、これまたデカい鳥だった。

嘴《くちばし》が黄色い真っ黒な羽の全長5メートルはあろうかという鷲《わし》のような鳥だ。

『それで最後だ。それは我が狩ったガルーダだ。スイの倒した牛どもを狙っていたのでな。撃ち落としてやったわ』

フェルが念話でそう伝えてきた。

「ガルーダっていうみたいですね」

「「「「…………」」」」

ラーシュさんを含めて5人とも無言で固まっていた。

「あの、大丈夫ですか？」

「………ガルーダって狩れるもんなのか？」

「まず、滅多に見かけない。俺らだって冒険者になってそこそこだけど、存在は知ってても見かけたことないだろうが」

「そうだよなぁ。それに飛行系の魔物だぜ。しかもガルーダっつったら、攻撃も届かないような高度を飛んでるっつう話だ」

「もし、高度を落として飛んでいるところを狙ったとしてもだ、相手はSランクの魔物だぞ。そうそう簡単に狩れるわけないだろうが」

「俺たち、とんでもないもん見ちまったな………」

で、なんでそこでフェニックスの面々は俺を見るの？

獲ってきたの、俺じゃないだろうが。

「まぁ、フェルですから」

その一言に尽きる。

フェニックスの面々も悠然と立つフェルを見て納得顔。

『おい、そんなことよりも腹が減ったぞ。飯はできているのだろうな？』

『俺も腹減ったー』

『スイもお腹《なか》ペコペコ～』

「それじゃ、飯にしましょう」

◇　◇　◇　◇　◇

「美味いなぁ〜」

「ハグハグ、ホントだよ」

「肉に絡まったこのソースがたまんねぇな」

「ああ、肉と抜群に合うぜ！」

「こっちのは少しピリッとしてるのがまた美味いな」

フェニックスの面々がバーベキューコンロで焼いた香ばしい肉にかぶりついている。

フェルとドラちゃんとスイも皿に山盛りに盛って出してやった肉にがっついている。

うん、確かにこの肉はイケるな。

香ばしいうえにちょい甘のソースがよく合ってるわ。

「ロックバードの肉と聞いて、また高価な肉をと思ったが、Sランクのギガントミミックカメレオンやらガルーダやらを見せられたらな。この肉も、ムコーダさんたちにとっちゃ何でもないんだろうと思うと、遠慮するのもバカらしくなったぜ」

「そうですよ、ラーシュさん。遠慮せずどんどん食ってください。みなさんもですよ」

「ああ、ありがとう」

「「「「ゴチになります」」」」

フェニックスの面々、食うわ食うわ。

野菜もすすめてみたけど、やっぱり肉の方が好きみたいだ。

フェニックスの面々に負けじとフェルたちも何度もおかわり。

結局野菜は俺とスイで食ったぜ。

オリーブオイルと塩胡椒のみの味付けだけど、アスパラが美味かった。

それと蒸し焼きにしたトウモロコシが文句なしに甘くて美味かったぞ。

そんなこんなで……。

「あー食った食った」

フェニックスの面々がパンパンになった腹を撫《な》でている。

『うむ、美味かったぞ。やはり香ばしく焼いた肉はいいな』

『あー腹いっぱい』

『スイもお腹いっぱーい。お肉美味《おい》しかった～』

あれだけ大量に漬け込んだ肉がきれいさっぱり消えた。

いや～、みんなよく食ったもんなぁ。

ここまできれいに食ってくれると、作ったこっちも清々《すがすが》しいね。

あとは手早く後片付けをしてと。

「さて、それじゃ街に帰りますか」

「おうって、今からじゃ間に合わないんじゃないか？　何ならここで野営して明日の朝街に向かおう」

「いえ、大丈夫だと思いますよ。スイ、この5人乗せていってくれるか？」

『いいよー。ちょっと待ってて』

そう言うと、スイがどんどんと大きくなっていった。

フェニックスの面々から「うおっ」と驚きの声が上がる。

「じゃ、フェニックスの皆さんはスイに乗ってください」

「え？　こ、このスライムにか？」

「このスライム、いきなり大きくなったぜ」

「ってか、このスライム、何？」

「フェンリルとドラゴンだけじゃねぇんだ。ムコーダさんの従魔は、スライムまでスゲェよ……」

「スライム、スゲェ～」

「ささっ、早く乗って乗って」

驚いて躊躇《ちゅうちょ》しているフェニックスの面々を追い立ててスイに乗せる。

俺はいつものとおりフェルに乗せてもらって……。

「じゃ、街へ帰りましょう」

グングンと進んでいく。

フェニックスの面々はスイの乗り心地と進み具合に大いにはしゃいでいた。

街へは、門が閉まる寸前で間に合った。

「間に合ったな」

「ええ、なんとか」

「それにしても、ムコーダさんの従魔はみんなスゲェなぁ」

ラーシュさんがフェルたちを見てしみじみとそう言った。

「ホントだぜ」

「やっぱテイマーっていいなぁ。俺も今からなれるかな？」

「バッカ。テイマーになんて、そんなホイホイなれるわけねぇだろ。才能がなきゃなれねぇよ」

「でも、強い従魔、憧れるよなぁ～」

ラーシュさん以外のフェニックスの面々も次々とそう口にした。

『其奴《そやつ》らは阿呆《あほう》か。我らのような強者《つわもの》が、そう簡単にお主らのようなものと従魔契約を結ぶはずがなかろう』

『ホントだぜ。美味い飯が出せないようじゃ、失格だな。そんな奴の従魔になるなんざ願い下げだね』

『あるじのご飯はおいしーよー』

あーはいはい。

フェニックスの面々にフェルたちの声が聞こえなくて良かったな……。

「今日はごちそうさん。何かあったら冒険者ギルドに伝言残しておいてくれよ。それじゃ、またな」

「「「ごちそうさんっ。またな」」」

「ええ、また」

フェニックスの面々とは、門を入ったところで別れた。

「さて、家に帰るか」

フェルたちとともに家へと帰った。

そういや、鑑定しなかったけどギガントミミックカメレオンとガルーダって食えるのかな?

# 第三章　石窯を作りました

フェニックスの面々と再会した翌日は、家でゆっくりした。

そして今日は、テレーザのリクエストで使用人用の家の傍《そば》に石窯を作ることになった。

遠慮がちに「できれば……」とテレーザにお願いされたのだ。

何でも、テレーザはパン作りが得意で、家にいたときにも度々パンを焼いていたそうだ。

俺も石窯には興味があるし、テレーザが作る焼きたてのパンも食ってみたいから大賛成。

そして石窯を作ることになったわけだが……。

テレーザの話ではアルバン家にあった石窯は、先代から引き継いだものとの話。

アルバンにも話を聞いてみたが作り方は分からないとのことだった。

業者に頼むのもありだけど、俺の土魔法でなんとかなりそうな気がした。

そんなわけで、自分で石窯作りに挑戦したわけだが……。

アルバンとテレーザからいろいろと話を聞きながら、試行錯誤した。

下の薪なんかを保存する台座の部分は割と簡単に形作れるんだけど、上のドーム状になっているパンなどを焼く窯の部分がなかなかに難しい。

作っては壊し、作っては壊し。

「うーん、上手《うま》くいかないなぁ。ドーム状になるイメージはしているつもりなんだけど……」

どうしても上の窯が歪《ゆが》んでしまって上手い具合にきれいなドーム状にならない。

魔力も大分使ったし、もうそろそろ飯ってみんな騒ぎ出す頃だ。

昼飯がてら休憩して、それからまた作業することにしよう。

庭で思い思いに寝っころがったり遊んだりしていたフェルとドラちゃんとスイに声をかける。

「おーい、そろそろ飯にしようぜ」

飯と聞いてみんなが駆け寄ってくる。

母屋のリビングで昼飯だ。

今日のメニューは作り置きしておいたワイバーンの肉で作った牛丼温玉載せ。

みんな美味《うま》そうにガツガツ食っている。

何度かおかわりして、ようやくフェルとスイも腹いっぱいになったようだ。

ドラちゃんは既に腹いっぱいで、腹を上に向けて絨毯《じゅうたん》の上で寝っころがっている。

仰向《あおむ》けに寝るドラゴンって、シュールだなぁ……。

って、そんなことよりも、石窯だよ石窯。

あのドーム状の丸みがどうも上手くいかないんだよな。

丸み丸み丸み………、ん？

俺の目に映ったのは丸みのあるプルンとした体のスイだ。

んんん？

もしかしたら、スイに協力してもらったら上手くいきそうじゃね？

「なぁ、スイ。今作ってるものがあるんだけど、ちょっと協力してくれないかな？」

『んー、いいよー』

スイを連れて石窯を作る場所に移動すると、何故《なぜ》かフェルとドラちゃんも付いてきた。

まぁ、暇なんだろうな。

とりあえず土魔法で下の台座の部分を作り、そして問題の上のドーム状の窯だな。

『朝からお主は何を作っているのだ？』

『ほんとだぜ。土魔法で何か作っちゃ壊しって繰り返してたよな。何やってんだか』

「別に遊んでるわけじゃないんだぞ。今作ってるのは石窯だよ石窯。パンを焼いたり、他にもいろいろ料理に使えるんだから」

『ほぅ、それを使うと美味いものができるのか？』

「上手く石窯が作れたらね」

フェルとドラちゃんの質問に答えながらも、石窯を作っていく。

土台の部分は問題なく作れた。

上のドーム状の窯はこのあとのことを考えて、少し大きめに大雑把に作っていった。

「よしと、こんなもんでいいかな。スイ、ちょっとこの中に入って、このくらいの大きさに中の空洞を整えてくれるかな。石を突き破らないように気をつけてね」

『分かった。やってみるねー』

台座に合わせてこれくらいの大きさと指し示すと、俺が大まかに作った空洞の中にスイが入っていく。

そして、スイが中で大きくなって、石の表面を酸で整えていった。

『あるじー、こんな感じでいいかなぁ～？』

小さくなったスイが空洞の中から出てきた。

どれどれ。

中を覗《のぞ》くと、ガランとしたドーム状で石の表面も滑らかに整えられていた。

「うんうん、いい感じ。バッチリだよ！」

『えへへ』

スイを撫《な》でてやると嬉《うれ》しそうにプルプル震えた。

「スイ、もう1つお願いしたいんだけど、ここの外側の部分もこう丸く整えてもらえるかな」

手で半円を描きながらこんな感じでとスイにお願いした。

『分かった～』

スイが少し歪《いびつ》な半円状のドームの外側に張り付いて、表面を滑らかにしながらどんどんと形を整えていった。

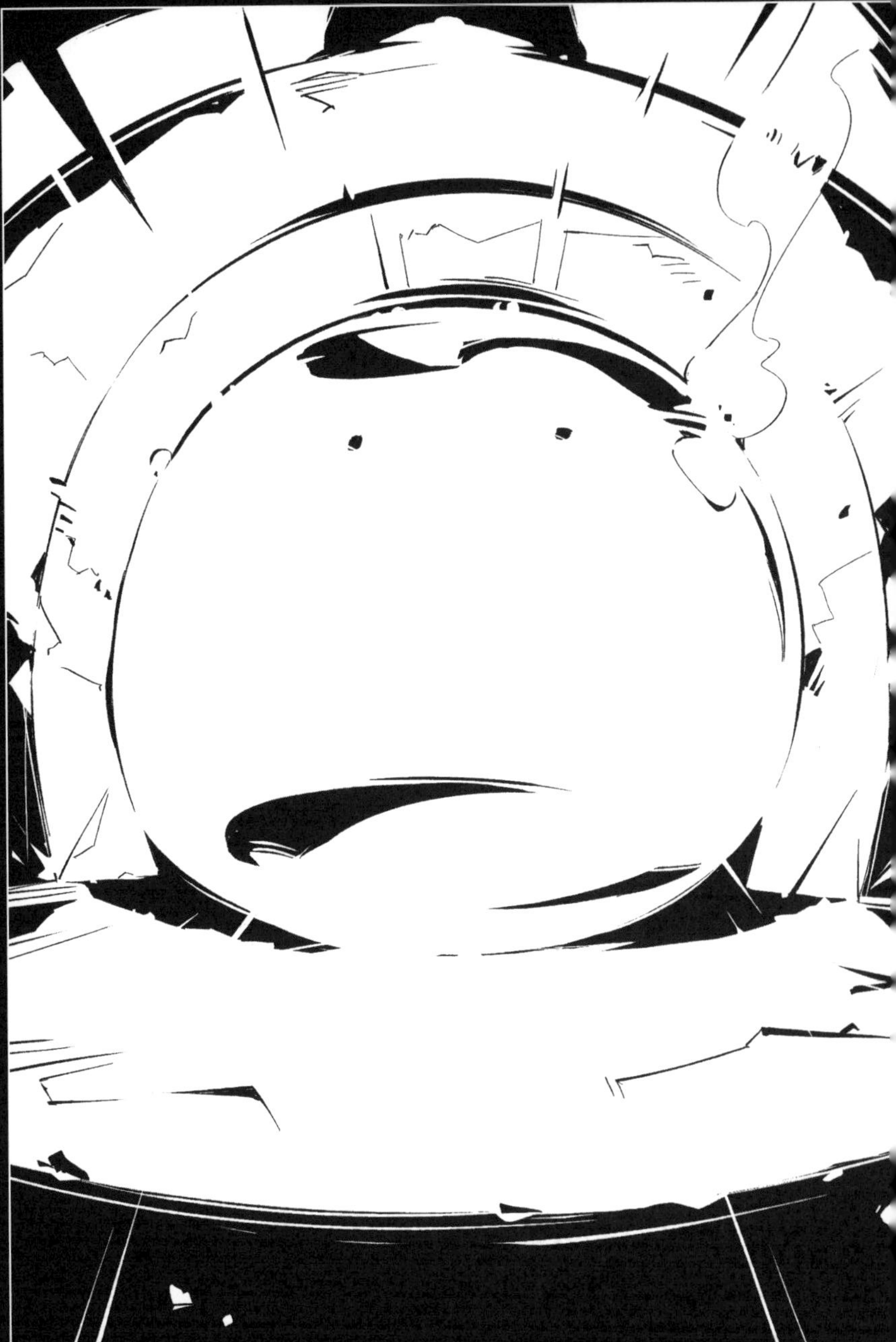

『こんな感じでいーい？』
おおっ、すごい。
俺1人であんなに手間取ってたことがこんなすぐにできちゃうなんて。
「ああ、大丈夫だぞ。それにしてもスイはすごいな～。何でもできちゃうんだから」
『うふふ～。スイ、すごいー？』
「うん、すごいすごい」
スイを褒めてやると嬉しそうにポンポン飛び跳ねた。
それにしても、スイはホントに万能だね。
優秀で頼りになるよ。
『よし、できたのだな？　早速美味いものを作るのだ』
いやいや、フェルさん作るのだじゃないからね。
まずは依頼主のテレーザに見てもらわなくちゃ。

◇　◇　◇　◇　◇

「テレーザ」

母屋の地下で、石鹸《せっけん》やらシャンプーやらの詰め替え作業をしていたテレーザに声をかけた。

この家には地下に物置のような部屋があって、その部屋で詰め替え作業と保管をしてもらっていた。

「ムコーダさん、どうしたんですか？」

「頼まれてた石窯ができたから見てもらいたくってさ」

「え？　もうですか？」

それから、ある程度作業が一段落したという、家の中のことをお願いしている女性陣を連れて出来上がった石窯のところまで戻る。

「こんな感じだけど、どうかな？」

そう聞くと、石窯を見たテレーザが目を見開いて固まっていた。

「あれ？　ダメだった？」

「いえいえいえ、ダメなわけないですよ！　こんな上等なものを作っていただいて、びっくりしていたんです。本当にこれを使ってもいいんですか？」

「もちろんだよ。テレーザの希望で作ったんだから。あ、でも、俺もたまに使わせてもらうかも」

「これはムコーダさんのものですから、いつでも使ってください。私は、空いたときに使わせていただくだけで十分ですっ」

「ハハハ、それじゃあ早速パンを作ってもらおうかな。焼きたてのパン食ってみたいし」

「ええと、それがすぐというわけには……」

テレーザの話だと、パンの素《もと》を作らないとダメなのだそうだ。

パンの素って何ぞや？　と思ったらどうやら酵母菌のことみたいだった。

「ドライフルーツを水に浸けておくと、何日間かすると、泡が出てくるんです。それがパンの素で、それを小麦粉に混ぜてパンを作るんですよ」

テレーザはパンの素についてそう言っていた。

そう言えば、天然酵母の作り方としてレーズンを水に浸けてっていうのを聞いたことあるわ。

テレーザの話では、パンの素を今日仕込んでも、パンに混ぜて使えるようになるまでは3、4日かかるとのこと。

残念。

「テレーザ、パン焼いたときには俺にも食わせてくれよ」

「もちろんですとも。私の自慢のパンをたらふく食べてください」

笑顔を見せながらテレーザがそう言った。

ロッテちゃんも「お母さんのパンが食べられるんだぁ」と喜んでいる。

焼きたてのパン、実に楽しみだな。

とは言っても、せっかく作った石窯なのに、使わないのはちょっとね……。

一度使って具合を確かめておきたいし。

石窯か石窯………、あっ、石窯と言えばあれがあるじゃん。

「よしっ、今日は俺がこの石窯を使って夕飯を作るよ。とりあえず用意してくるから、テレーザたちは石窯を温めておいてもらえるかな？」

薪になる木は、庭の手入れをしている男性陣が刈った枝がけっこうあるので大丈夫だろう。

俺は早速母屋で準備だ。

いやぁ、石窯でなんて本格的だな。

めっちゃ楽しみ。

◇◇◇◇◇

「さてと、ピザの準備だな」

あれ1回作ったことあるから作り方は分かるけど、面倒だし何だかんだ時間かかるんだよな。

滑らかになるまでこねるとか、発酵させるとかさ。

何より作るならばフェルたちが食う分も含めて大量に作らないといけないので、とてもじゃないが時間がかかりすぎる。

ドライイーストの代わりにベーキングパウダーを使って発酵なしのピザ生地を作るって手もあるけど、それでもこねて伸ばしては量があるとけっこう時間がかかりそうだからな。

「そんなときに便利なのが、冷凍のピザ生地。俺もお世話になったよ」

冷凍のピザ生地は、もう形になってるから上に好みの具の載せて焼くだけ。

超お手軽で美味《おい》しいピザが楽しめる。

これのいいところは、何と言っても自由が利くところだ。

定番のマルゲリータを作るにしても、トマトソースの味やチーズの量を自分好みにできたりするし。

「生地は冷凍のを使うとして、作るピザは、定番のマルゲリータは当然作るだろ。あとは、子どもに人気の照り焼きチキンもあった方がいいな。あとは、何がいいかな……、そうだ」

アイテムボックスの中を探る。

「よしよし、まだ残ってるな」

ベルレアンで仕入れた、ホタテに似たイエロースカラップと車エビに似たバーミリオンシュリンプ。

これを使ってシーフードピザも作ろう。

そうと決まればネットスーパーで材料の調達だ。

冷凍のピザ生地だろ、それにトマトソースに使うホールトマト缶、あとはフレッシュバジルにミニトマト、それからチーズはモッツァレラチーズにピザ用のミックスチーズかな。

精算すると、いつものように段ボールが。

さて、材料がそろったらトマトソースと具の用意だな。

冷凍のピザ生地は袋のまま出しておけば、いろいろと作業している間に解凍されるだろう。

ピザ生地とトマトソースと具を用意して持って行って、あとはみんなで好きに載せてもらうようにしようと思う。

まずは、トマトソースだな。

ホールトマトをボウルに入れて手でつぶしていく。

果肉が残らないようによくつぶす人もいるみたいだけど、俺はある程度果肉が残っていた方が好みだから手でつぶす。

あとはフライパンにオリーブオイルをひいて、ニンニクのみじん切り（俺の場合はちょい多め）を入れてから弱火で炒《いた》めていく。

十分に香りが立ったところで、手でつぶしたホールトマトを入れて煮詰めて、ある程度水分が飛んだところで塩胡椒《こしょう》で味を調えたらトマトソースの出来上がりだ。

トマトソースはマルゲリータとシーフードピザに使うからたっぷりと用意した。

トマトソースが出来上がったら、シーフードピザ用のイエロースカラップとバーミリオンシュリンプを下ゆでして適当な大きさに切っておく。

それからプチトマトも半分に切っておく。

あとは照り焼きチキンピザに使うタマネギを薄くスライスして、肝心な照り焼きチキンを作っていく。

肉はコカトリスを使った。

一口大に切ったコカトリスの肉を油をひいたフライパンで焼いて、醬油《しょうゆ》・酒・みりん・砂糖を混ぜて作った照り焼きのたれを絡めていく。

これもうちの肉好きな面々を考えて大量に作った。

「よしと、こんなもんかな」

作ったものをアイテムボックスへとしまっていく。

「そういや、ピザカッターも必要だな。ネットスーパーにあるかな？」

ネットスーパーを開いて確認すると、あった。

調理器具は割と何でもそろっているのが非常にありがたいね。

とは言っても、あれはさすがにないから作らないとならないか。

「スイ、ちょっといいかな？」

『なぁに～』

「これで、こういうのを作ってほしいんだ」

スイにこんな感じと説明をして作ってもらった。

『これでいいかなぁ？』

「うん、バッチリだよ」

さすがスイ。

俺の説明のとおりの出来栄えだった。

よし、これを持っていざ石窯へ。

◇　◇　◇　◇　◇

石窯のところへ行くと、仕事を終えた男性陣も集まっていた。

石窯の火入れもテレーザに頼んでいたから、いい具合に温まっている。

「あ、警備のみんなを呼んできてくれるかな」

子どもたちに頼むと、警備担当のタバサたち5人を呼びに散っていった。

少しすると、タバサたち5人を連れて子どもたちが戻ってきた。

「よーし、みんなそろったね。石窯を作ったんで、今日の夕食はピザにしようと思います」

ピザと聞いてみんな不思議そうな顔をしている。

ま、この世界にはない食い物だろうからね。

とりあえず一度見せて食ってもらった方が早いな。

土魔法で石の作業台を作り、その上にまな板を置いた。

「それじゃ俺が作ってみるから」

まずはマルゲリータだ。

解凍した冷凍のピザ生地にトマトソースをたっぷり塗ったら、モッツァレラチーズを手でちぎって載せて、バジルの葉をトッピング。

お次はシーフードピザだ。

解凍した冷凍のピザ生地にトマトソースを塗って、下ゆでして切ってあるイエロースカラップとバーミリオンシュリンプと半分に切ったミニトマトを載せたらミックスチーズをたっぷりとかけていく。

最後は照り焼きチキンピザ。

解凍した冷凍のピザ生地にマヨネーズを薄く塗って、その上に薄くスライスしたタマネギを満遍なく散らしてからコカトリスの肉の照り焼きを載せる。

その上からミックスチーズを載せてマヨネーズをトッピング。

「こんな感じかな。とりあえずこれを焼いて、みんなで味見してもらって、あとは自分で好きなように作ってもらうよ」

ここで登場するのがスイに作ってもらったピザピールだ。

石窯にピザを出し入れするヘラのような道具。

あれをスイにミスリルで作ってもらった。

ピザをピザピールに乗せて……。

「あ、みんな手を洗ってきてよ。ちゃんと石鹸使ってだよ」

ピザは豪快に手で持ってパクつくもんだし、このあとはそれぞれ自分たちで作ってもらうことになるからな。

手が汚れてたら台無しだ。

みんな各自の家に戻って石鹸で手を洗って戻ってきたところで、石窯にピザを入れた。

いい具合に温まった石窯の中でピザが焼けていく。

チーズが溶けて、ピザ生地がこんがり焼けたら出来上がりだ。

まな板の上に載せて、ピザカッターで切り分けていく。

こんがり焼けたピザの香りにつられ、誰かがゴクリと喉を鳴らした。

「はい、みんな好きなの持ってって。これはね、こうやって手で持って食うんだ。アチッ……、けど、うまぁ」

マルゲリータを1ピース取って食うのを見せると、みんなわらわら集まって思い思いのピザを手に取った。

「ハフハフッ、美味しい！」

「あっつい、けど、美味い！」

「アッフ、うっま」

「このトロけてるのが美味しい〜」

ピザは非常に大好評でみんな美味そうにハフハフしながら食っている。

大人たちにはマルゲリータが一番人気で次がシーフード、子どもたちには断然照り焼きチキンが人気だ。

『おい、早く我らにも食わせろ』

『そうだぜ』

『スイも食べたいよー』

おっと、フェルたちの分、焼かないとな。

「何がいい？」

『当然肉だ』

『俺も肉がいいな』

『スイもお肉のがいい～』

愚問でしたな。

俺はフェル、ドラちゃん、スイの分の照り焼きチキンピザを作っていく。

肉とチーズは増量で。

そして焼くこと数分。

「はい、できたぞー」

ピザを皿に盛って出してやる。

フェルとドラちゃんは風魔法で冷ましてから豪快にバクッと。

スイは熱くてもへっちゃらでどんどん取り込んでいる。

『うむ、なかなか美味いな。おかわりだ』

『サクッとしてるのが美味い！　俺もおかわり！』

『スイが好きなお肉と白いトロッとしたの一緒になって美味しいな！　これ、スイ大好き～』

みんな照り焼きチキンピザが気に入ったみたいですぐにおかわりが入る。

急いで作って石窯へ。

「あ、みんなもそこにあるから好きなの作ってよ。焼くからさ」

声をかけると、みんなが思い思いのピザを作っていく。

大人はマルゲリータが多いな。

でも、それでも好みは人それぞれでトマトソースたっぷりとか、モッツァレラチーズ多めでとか、バジル抜きとかいろいろやっている。

タバサとバルテルはシーフードピザのようだ。

タバサはトマトソース多めにシーフードもプチトマトも多めでチーズは少なめ、バルテルはトマトソースもシーフードも多めでプチトマトなしでチーズも多めだ。

コスティ君にセリヤちゃん、オリバー君にエーリク君にロッテちゃんの子ども連中は見事にみんな照り焼きチキンピザだ。

コスティ君は肉とチーズ多め、セリヤちゃんはチーズ多め、オリバー君とエーリク君は肉とマヨネーズ多め、ロッテちゃんはマヨネーズとチーズ多めと思い思いに載せている。

アホの双子はこういうことには頭が回るのか、シーフードと照り焼きチキンのハーフ&ハーフを作っていた。

そんでもって「俺たち天才だな」なんて言ってやがる。

子どもたちがそれを見て「おおっ」とか言ってるし。

みんな楽しそうで良かったよ。

俺はみんなを見ながらも、フェルたちのおかわりを次々作っていった。

スイに作ってもらったピザピールが大活躍だ。

みんなの分も焼いて、その間に俺の分も。

俺のはマルゲリータだ。

ピザはマルゲリータが一番好きだ。

うん、焼きたては格別だ。

サクッとした生地とニンニクの利いたトマトソースとモッツァレラチーズが三位一体となって美味さ倍増。

やっぱりこれだな。

みんなはみんなで自分の作ったピザを美味そうに食っている。

ピザ、大成功だな。

今回は冷凍の生地を使ったけど、今度はちゃんと作ってもいいかもしれない。
そうだ、アイヤとテレーザにレシピを教えておこう。
ドライイーストも渡しておいて、事前に作っておいてもらうのもありだな。
こっちの小麦粉は全粒粉だから、全粒粉のピザ生地なんてのもいいかもしれない。
いろいろと夢が広がるね。
石窯、作って良かったよ。

◇◇◇◇◇

「ふぅ、さっぱりしたな」
ドラちゃんとスイと風呂を楽しんだ。
『やっぱり風呂はいいなぁ』
『きもちかった～』
ドラちゃんもスイも風呂大好きだもんなぁ。
ここんところ毎日風呂に入れて俺も嬉しい限りだ。
入浴剤もいろいろと買っちゃったぜ。
ちなみに今日は、ゆずの香りの炭酸ガスがシュワッと出るタイプの入浴剤だ。

これ、ゆずのいい香りでリラックスできるし、体も温まって疲れもとれるんだよな。

ドラちゃんもスイもゆずのいい香りに癒されながらプカプカ浮いていたよ。

『そんじゃ俺らは先に寝るからな』

「ああ」

『あるじー、おやすみ～』

「おやすみ」

ドラちゃんとスイが2階へ上がって行った。

向かうのは主寝室。

フェルは主寝室のフカフカの絨毯に敷いたフェル専用布団の上で既に横になっているだろう。

ドラちゃんとスイは俺と一緒のベッドで寝ているぞ。

初日にみんなで主寝室で寝たときは、最初だしまぁいいかと思ってそのまま寝たんだ。

あとで部屋分けすればいいかと思ってたし。

だけど、何だかんだで結局いまだにみんなで寝ているんだよな。

みんな寝るときは当然のように主寝室に来るし、スイに『あるじー、一緒に寝ようね～』とか言われちゃうとねぇ。

スイにそんなカワイイこと言われたら、別々の部屋で寝ようなんてとても言い出せなかったんだよ。

まぁ、みんなで雑魚寝は今までどおりだし、もうそのままでいいかなぁって。

たくさん部屋があるのに、使ってない部屋ばっかりでもったいな気はするけど、そこは目をつぶることにした。

そんなわけで、みんなで主寝室で寝ているわけだ。

俺も早く寝たいところだけど、その前に一仕事。

デミウルゴス様へのお供えだ。

「さてと、今日はどんな酒にしようかな」

早速ネットスーパーを開いて、テナントのリカーショップタナカを覗いた。

◇◇◇◇◇

「へぇ〜、今度はこんなことやってんだ」

リカーショップタナカで、今度は日本酒飲み比べ特集というのをやっていた。

その土地土地の銘酒をセットにしたものや、同じ銘柄の純米大吟醸・吟醸酒・特別本醸造をセットにしたものが並んでいた。

なるほど、その名のとおり飲み比べができるセットというわけか。

面白そうだな。

ちょうどデミウルゴス様の好きな日本酒だし、今日はここから選ぶことにしよう。

いろいろと見ながら決めたのは、山形県産の純米大吟醸の3本セットだ。

クチコミ評価が高かったのも決め手だ。

1本は、年3回の限定出荷で世界的なアルコール品評会の酒部門で世界一になったという酒。

続いての1本は、純米大吟醸だけを造る蔵元の酒で、山形県オリジナルの酒造好適米「出羽燦々《さんさん》」を使った軽やかな口当たりの酒。

最後の1本は、某航空会社のファーストクラスでも採用されている酒。

「どれも飲みやすく美味しかった」とか「美味すぎて早くなくなった」とか「山形の美味い酒を飲み比べできる贅沢《ぜいたく》なセット」とかあって、大分好評なよう。

これならデミウルゴス様にも楽しんでもらえそうだ。

それから、後々の参考のために久しぶりに〝店長の今日のオススメ〟を見てみた。

すると……。

「ほ～、ラム酒か」

紹介されていたのは、ラム酒だった。

それも国産のものだ。

ラム酒というと外国産のイメージしかなかったな。

「日本でラム酒なんて造ってたんだ……」

興味深く読んでいくと、1979年に鹿児島県徳之島《とくのしま》で日本初の国産ラム酒が製造販売されたようだ。

ラム酒はサトウキビが原料ということで、沖縄や鹿児島など南の方で造られることが多いみたい。

確かにラム酒というと南国の酒というイメージがあるな。

その国産ラム酒だが、近年では国際的な品評会で入賞をするほど高い評価を受けているのだそう。

そして、その中でも店長がオススメするのは、沖縄県の南大東島《みなみだいとうじま》で造られる国産ラム酒。

南大東島のサトウキビを使った無添加・無着色のラム酒なんだそうだ。

アルコール度数の高いラム酒だが、それを25度に仕上げたものが特にオススメとのこと。

ラム酒に馴染《なじ》みのない人でも飲みやすいので、ラム酒初挑戦だという人にも是非とある。

口当たりが良くてほのかな甘さと香りが楽しめるこのラム酒は、水割りやオンザロックで楽しんでほしいとあった。

「これも良さそうだな。前回はワインだったけど、今回はこのラム酒も付けてみよう。あとは、もちろんあれを……」

デミウルゴス様もお気に入りのプレミアムな缶つまセット。

今回は、洋風和風それぞれバランスよく入ったセットにしてみたよ。

カートの中を精算したら、段ボール祭壇に置いてと……。

「デミウルゴス様、どうぞお収めください」

『おー、来たか来たか。これだけが最近の楽しみでのう』

嬉しそうなデミウルゴス様の声が聞こえてきた。

喜んでもらえてるようで良かったよ。

「前回と同じように日本酒だけでなく違う酒も入れてみました。今回はラム酒です。強い酒なので、水割りか氷を入れてお楽しみください」

『ほ〜、それは楽しみじゃなぁ。この間のワインという果実酒もなかなかに美味かったぞ。肉とチーズによく合う酒じゃったな』

前回のワインも楽しんでもらえたようだ。

『そうじゃ、お主に知らせておかなければならんことがある。近々、彼奴《あやつ》らの謹慎が解ける。一度異世界の物に触れた彼奴らのことじゃ、すぐにでもお主に連絡がいくじゃろうて。無理強いはするなと伝えてはあるが、もしわがままが過ぎるようなら儂《わし》に言うといい』

「そうさせてもらいます」

『神界は刺激がないし、面白いこともないからのう。神と言えど、楽しみは必要じゃて。彼奴らも根は悪くないのじゃ。お主には苦労を掛けるかもしれんが、よろしく頼むのう』

デミウルゴス様からすれば女神たちも男神たちも子も同然だろうから、こういうことを言う気持ちも何となく分かるな。

それに絆《ほだ》されたってわけじゃないけど……。

「大丈夫ですよ。要求が多かったりすると、ちょっとなぁとは思うけど、みなさんのこと嫌いじゃないですし」

加護ももらってるしね。

それに、何だかんだ言ってても毎週付き合ってたのは、多分そういうことなんだと思う。

俺だって本当に嫌だったら、加護を返して無視するさ。

『そう言ってもらえると儂としてもありがたい。じゃが、さっきも言ったとおりわがままが過ぎるようじゃったら儂に言うんじゃぞ。儂が直々によ～く懲らしめてやるからのう。ふぉっ、ふぉっ、ふぉっ』

「ハハハ、はい。そのときにはご報告して懲らしめてもらいます」

段ボール祭壇にあった酒とつまみが淡い光とともに消えていった。

「そっか、謹慎解けるのか……。久々だし、いろいろと欲しがりそうだね。ま、でもあの神《ひと》たちにしちゃよく頑張ったと思うよ」

何せ、お供えが遅いと神託までしちゃうくらいだし。

考えてみると何だかんだで付き合いも長いし、次は久々だしいろいろと聞いてやってもいいかな。

◇　◇　◇　◇　◇

ここ数日間は特にやることもないから、家でのんびり過ごしていた。

フェルたちは狩りって騒いでいたけどね。

「ギルドマスターがラングリッジ伯爵様に会いに行ったみたいだからさ、帰ってきたときに結果を聞かなきゃいけないの。いつ帰ってくるか分からないから遠出はできないよ」

結果待ちを理由に家に居座り続けた。

家でゆっくりのんびり過ごすのはいいもんだよ。

フェルはムスッとしてたけどね。

そして『このあとは絶対にダンジョンに行くからな』と不穏な言葉を残したけれど、聞かなかったことにした。

この日も、リビングでゆっくりコーヒーを飲んでいると……。

「ムコーダのお兄ちゃん、お客さんだよー」

ロッテちゃんがリビングにやって来て、そう知らせてくれた。

「誰かな？」

「うーんとね、ぎるどますたー？って言ってた」

ギルドマスターか。

わざわざ来てくれたんだ。

「それじゃ、ここに案内してくれるかな」

「分かったー」

そう言ってロッテちゃんがリビングから出ていった。

そして少しすると、ロッテちゃんがギルドマスターを連れてリビングに。

「いらっしゃい、ギルドマスター」

「おう、邪魔するぜ」

イスをすすめると、ギルドマスターがどっかりと腰を下ろした。

「ロッテちゃん、お母さんたちに紅茶を持ってくるように伝えてくれるか」

「うん、分かった」

ここの世界の人にコーヒーはちょっと苦すぎるかと思い紅茶を頼んだ。

来客用の紅茶はネットスーパーで仕入れた缶入りの高級なやつで、俺も飲んでみたけど渋みも少なかったから大丈夫だろう。

「それにしても、ずいぶん豪勢な家を買ったもんだな」

「まぁ、俺もここまでのものをとは思ってなかったんですが、なんか成り行きで……」

「奴隷も買ったとは聞いていたが、ここに来てみたら、門のとこに〝虎の牙《タイガーファング》〟のタバサがいて驚いちまったぜ。いや、依頼失敗して奴隷落ちしたとは聞いてたけど、お前に買われているとはな」

なんかその言い方だと俺がものすごく非情なことしてる感じが……。

というか、タバサたちのパーティーって〝虎の牙《タイガーファング》〟って名前だったんだな。

それにギルドマスターに名前を憶《おぼ》えてもらってるってことは、やっぱりそれなりの実力者だってことだろう。

「Bランクの元冒険者の奴隷を買うとは、ずいぶんと奮発したな。スタース商会のことは聞いていたが、さすがにあそこだって現役Sランクの冒険者の家にはそう簡単に手は出さないと思うんだがな」

「俺たちがいればそうなんでしょうが、家を空けているときは分かりませんからね。それに、ここには他にも戦闘のできない奴隷もいますし」

どこにでも馬鹿はいるからねぇ。

まさかと思うことも平気でしでかす輩《やから》もいるし。

スタース商会だって足が付かないように襲ってくる可能性も捨てきれない状態なら、やっぱり警備は必要だよね。

今のところは俺たちというか、フェルという一国の軍隊をも打ち負かす戦力がいてくれるから、それなりに安心していられるけども。

「まぁ、ダンジョンを2つも踏破して稼いでるお前なら、懐も痛まないだろうがな。ガッハッハッ」

「ハハハ、フェルたちのおかげでそれなりには」

とりあえず金で困ることはないくらいには稼がせてもらったよ。

「タバサに話を聞いたら『冒険者時代よりもいい暮らしをさせてもらってる』って感謝してたぞ」

「いやまぁ、うちはブラックじゃないですから」

「ん？　ブラック？」

「いや、何でもないですこっちのことですから」

そうこうしているうちに、アイヤが紅茶を運んできてくれた。

俺の分もあるようで、ちょうどコーヒーが冷めてきたところだったのでありがたくいただいた。

「どうぞ」

アイヤの淹《い》れてくれた紅茶をすすめると、「いただく」と言ってギルドマスターがゴクリと飲んだ。

「美味い茶だな」

うん、確かに美味い。

紅茶の美味しい淹れ方は知ってたから教えたんだけど、ちゃんと実践しているようだ。

「まぁ察してるとは思うが、ラングリッジ伯爵と会ってきたんだがな……」

ギルドマスターが伯爵に会いに行ったときのことを話してくれた。

伯爵様は、ギルドマスターを見るなり目を剝《む》いたそう。

そして、一も二もなく「どうしたんだっ!?　何をしたんだっ!?」って聞いてきたそうだよ。

そりゃあそうだよなぁ。

いきなりフッサフサになって髪色も若いころに戻ってるんだもん。

髪のことを気にしてた人ならなおさらだよ。

「まぁ、それでお前からもらったシャンプーと育毛剤のことを話したわけだが、それはそれはすごい食いつきだったぞ」

いろいろと詳しく聞かれたらしい。

すぐに効くのか？　とかその髪色もその育毛剤のおかげか？　とかさ。

「儂の場合は3日間朝晩つけてこの状態になったと言ったら、すぐにそのシャンプーと育毛剤をよこせと言ってきたわ。ガハハハッ」

「そういや、ギルドマスターはあれから毎日育毛剤つけてるんですか？」

「いや、あれは効き目がすごいからな。毎日つけると、髪が伸び過ぎて毎日散髪しなきゃならなくなる」

おう、効き目ありすぎ。

確かに毎日散髪は面倒くさいな。

「だから儂はな、抜け毛が気になり始める3日目くらいにシャンプーをしてしっかり育毛剤をつけるようにしてるぞ。それで今の状態を維持している」

3日以上空けても薄毛が気になるほどではないけど、根元が白くなってくるそうだ。

今の元気な髪と色を維持するにはギルドマスターの場合は、3日ごとにつけるのが最適だとのこと。

ギルドマスターの話を聞いていると、個人差があるようだな。

「っと、儂のことは置いておいて、伯爵様のことだ。それでなぁ、伯爵様、この街に来ることになった」

「……は？」

「いや、それがなぁ……」

ギルドマスターの話によると、シャンプーと育毛剤の効果を目の当たりにした伯爵様は、ギルドマスターが帰るときに一緒にこの街に向かおうとしたそうだ。

でも、さすがにそれは家臣たちに止められてなんとかその場は収まったけど、この街に近々に来るってことは伯爵様の中では決定事項になっていた。

それで、冒険者ギルドを視察するっていう名目で伯爵様がこの街を訪れることがその場で決まったらしい。

「Sランク冒険者が拠点にした冒険者ギルドを視察ってことらしいぜ。そういう名目にしておいた方が、お前とも話しやすいしな」

おぅい、伯爵様自ら来ちゃうのかよ。

こっちからお伺いするもんだとばっかり思ってたのに。

「でだ、その伯爵様は明後日にはこの街に着くだろう」

「え？　それはまた早いですね」

「そう言ってくれるな。この効果を見たら、そりゃ気持ちも逸《はや》るってもんよ。ということでだ、明後日は朝早めに冒険者ギルドに来てくれよ」

「はい、分かりました」

俺は、話を終えたギルドマスターを見送った。

明後日か。

伯爵様に贈るものは決まっているけど、まだ用意はしてなかったな。

ただ瓶に詰め替えただけで渡すわけにもいかないし、明日はちょっとその辺を考えながら用意しないとな。

# 閑話　3人の勇者　～私たち結婚します～

「おい、準備はいいか？」

「ちょっと待って」

花音《かのん》と莉緒《りお》が、俺たちが借りていた家を感慨深げに見ている。

「ここで3か月近く3人で生活したんだよね……」

「うん。去るとなると、何となく名残惜しいね……」

この国に来て、ようやく落ち着いて暮らせるようになったのもここを借りてからだからな。

その気持ちも分からなくはないけど、これからも3人一緒なんだぜ。

そのために俺たちはここを去るってのに。

「なら、王都に行くの止《や》めるか？」

俺がそう言うと、花音と莉緒がバッと振り返る。

「何言ってるのよ！　止めるわけないじゃないの！」

「そうだよっ。私たちの大切な結婚式のためなんだから！」

「ハハッ、冗談だって。俺だって楽しみにしてるんだからな。花音と莉緒が、正式に俺の嫁さんになるのをさ」

そう言うと、花音も莉緒も頬を染めた。

「櫂斗《かいと》のバカ……」

「櫂斗君って、時々恥ずかしいこと平気で言っちゃうよね……」

「何だよそれ。本当のことなんだからしょうがないだろ」

何だか分からないが、2人がさらに頬を染めた。

「もうっ」

「花音ちゃんダメだよ。櫂斗君全然分かってないもん」

「訳分かんねぇな。それよりも、ほら、出発するぞ」

俺がそう言うと、右腕には花音が、左腕には莉緒が抱き着いてきた。

両手に花ってのはこのことだな。

2人とも俺を見てニコニコしている。

2人の笑顔を見ていると、俺も嬉《うれ》しくなってくる。

ちょっと前まではこんな穏やかな笑顔になることなんてなかったからな。

嫁になる花音と莉緒の笑顔を守るためにも、俺はもっと強くならないとと強く思いながら俺たちは王都に向けて旅立った。

◇　◇　◇　◇　◇

俺たちが結婚に至るまでの馴《な》れ初《そ》めだが、別に大したことではない。

男と女が一つ屋根の下で暮らすとなれば、遅かれ早かれお互い意識するようになってくるもんだろう。

それが一緒に苦難を乗り越えた仲間ならなおさらだ。

とは言っても、最初は俺も悩んだんだ。

一緒に生活していくうちに、自惚《うぬぼ》れじゃなくて、花音も莉緒も俺のことが好きみたいだって気が付いた。

俺も花音と莉緒のことが好きになってたから正直嬉しかったけど、どっちか1人なんて選べなくてさ……。

2人を同時に好きになったことなんて今までなかったから、かなり悩んだ。

今までは2人を同時に好きになることなんて自分はないと思ってたんだ。

そんなことは不実なこと、俺は絶対しないってさ。

だけど実際直面すると、好きになっちまったらどうしようもないっていうのが本当のところだった。

花音と莉緒に気持ちはあるものの、どちらか1人を選ぶなんてことは俺にはどうしてもできなかった。

どっちつかずの優柔不断な俺より先に答えを出したのは、花音と莉緒だった。

ある日の夜、夕飯を食い終わった後に、2人が話を切り出した。

「櫂斗、あたしと莉緒のどっちか1人を選ばなきゃって悩んでるみたいだけど、別に選ばなくてもいいんだけど」

「そうだよ。どっちか1人なんて決めなくてもいいんだよ」

「……は？」

花音と莉緒の言っている意味が分からなかった。

だって、同時に2人だなんて許されるわけないじゃないか。

「やっぱり分かってなかったみたいだね、莉緒」

「うん。全然気付いてないよ、花音ちゃん」

花音と莉緒が顔を見合わせて、そんなことを言っていた。

「櫂斗、ここは異世界なんだよ。日本の常識は通用しないんだから」

「花音ちゃんの言うとおりだよ。ここは日本じゃないんだから」

そして、2人がそう言っている訳を話してくれた。

花音と莉緒から聞いた話は、俺にとって衝撃的だったうえに目から鱗《うろこ》だった。

何とこの世界は一夫一妻制ではなかった。

一夫多妻がＯＫなのだ。

もちろん、妻たちを養う経済力がなければいけないが、経済力のある男は多妻なのも珍しくはないんだそうだ。

実際、貴族などは4、5人妻がいるなんてことも珍しくなく、多い人になると10人くらいいる場合もあるそう。

俺が優柔不断でどっちつかずでいる時期に、花音と莉緒は思うところがあっていろいろ調べたらしい。

「こんなこと調べればすぐに分かるのに」

「ホント。耀斗君ったら1人で悩むばっかりなんだもんね」

俺は日本での常識にとらわれて、2人一緒だなんて不実だし相手に対しても裏切り行為だと思い込んでいた。

「そういうことだから、どっちか1人を選ぶ必要なんてないの。もちろん莉緒じゃなかったら、2人一緒なんてイヤだけどね」

「うん、私も。花音ちゃんだから、2人一緒でもいいって思える」

「花音、莉緒……」

2人には優柔不断で不甲斐《ふがい》ないところを見せちまったな。

「花音も莉緒も、俺の彼女になってくれるか？」

「もちろん」

「うんっ」

◇　◇　◇　◇　◇

そんな感じで俺たちは付き合い始めたわけだ。

でもさ、俺としてもいろいろ調べた結果、この世界では俺たちの年齢がちょうど結婚適齢期だってことが分かったんだ。

早い人だと、14か15で結婚するっていうから驚きだ。

それにだ、20歳過ぎたら女性だと行き遅れの部類に入るっていうんだぞ。

それで俺もいろいろ考えたわけだ。

決め手になったのは、花音と莉緒が冒険者たちの間で人気だったことだ。

冒険者ギルドでも、俺がちょっと離れただけで、いろいろチョッカイかけてくる男が後を絶たなかった。

花音も莉緒も美人だから仕方ないにしても、俺としたら腹立たしいわけだ。

冒険者の男どもも、さすがに人妻には手を出さないし、俺としても花音と莉緒を嫁にするのは願ってもないこと。

だから、2人にプロポーズした。

ちゃんと婚約指輪も渡したぞ。

この世界じゃ指輪を渡す習慣はないけど、やっぱりプロポーズするなら指輪が必要だろって思ってさ。

冒険者になってからの貯金をはたいて2人のために婚約指輪を買った。

5月生まれの花音にはエメラルドの指輪を、7月生まれの莉緒にはルビーの指輪を。

貯金もたいしたことなかったから宝石も小ぶりな指輪だったけど、2人ともすごく喜んでくれた。

そして、もちろんプロポーズの返事は花音も莉緒もOKだった。

この世界の結婚は、戸籍なんてものはないから、教会の司祭様の前で結婚の誓いをすればOKなんだ。

通常は信仰している神様の教会に赴くんだけど、特に信仰している神様がいなければ、どこの教会を使ってもいいってことらしい。

その辺は案外融通がきくみたいだ。

それもこの国だからこそできるってことではあるんだけどな。

この国のように信仰の自由が担保されている国は、この国の他、東のエルマン王国とレオンハルト王国と南の小国群から新しくできたクワイン共和国くらいなものらしい。

それを聞いたとき、つくづくこの国に逃げ延びて来て良かったと思ったぜ。

そんなわけで、この街にもいろんな神様の教会があったから、そのうちのどれかでと思ってたら、花音と莉緒に止められた。

「一生に一度の大切なことだしさ、どうせなら王都の教会で結婚式あげたいよ。この間ちょっと聞いたんだけど、王都の教会ってどこも立派でキレイなんだって」

「私も王都の教会がいいな。特にね、土の女神の教会がおすすめらしいよ。この国は農業が盛んだから信者が多いらしくって、中でも一番キレイな教会だって聞いたの」

花音も莉緒もいろいろリサーチしていたらしい。

「土の女神の教会のことはあたしも聞いた！　土の女神様は豊穣《ほうじょう》・豊作の象徴らしいんだけど、それにあやかって子宝に恵まれて夫婦円満って意味合いもあるらしいよ。だから結婚式をあげる教会としては一番人気って聞いた」

「うんうん。子どもはまだちょっと早いけど、ずっと夫婦円満でいたいもんね」

花音も莉緒も王都の土の女神の教会で結婚式をあげたいようだ。

結婚式と言っても、司祭様の前で結婚の誓いをするだけの簡素なものなんだけど……。

ま、それでも、嫁になる2人の希望を叶《かな》えるのが男ってもんだろ。

「それじゃ、王都に行くか」

「「うんっ」」

そんな感じで俺たちの王都行きが決まった。

前からいろんな街に行ってみようと話してたし、俺としても王都は楽しみだぜ。

# 第四章　貴族怖い、貴族怖いよ

いよいよラングリッジ伯爵様がやって来る。

今日は朝早くから冒険者ギルドに詰めていた。

「今日は伯爵様がいらっしゃる。しかしだ、視察ということでいらっしゃるわけだから、みな普段通りにするようにな」

ギルドマスターが職員や冒険者たちにそう声をかけていた。

そうこうしているうちに、伯爵様ご一行が到着。

さすがに伯爵様が冒険者ギルドに入ってきたときは、一瞬シーンとなったものの伯爵様から「今日は視察である。通常通りにするように」とのお声掛けをいただいてぎこちなくも通常通りに戻っていった。

その伯爵様だが、40代半ばのなかなかの偉丈夫。

顔の方も渋いイケメンで5代目００７の俳優に似ている。

ここまでなら誰もが羨むめちゃめちゃカッコいい中年なのだ。

だけど視線を移して、頭に目がいくと………。

見事に禿《は》げていた。

髪色が茶色いだけで、某お笑い芸人の斎◯さんの髪型にそっくり。

素がめちゃくちゃいいだけに残念感がハンパない。

これはギルドマスターの変わりようを目の当たりにしたら、そらすぐにでもって気持ちにもなるわ。

申し訳ないけど、伯爵様を見てなんか納得してしまったよ。

それから、一応は視察名目で来ていることもあって、伯爵様はギルドマスターに案内されて冒険者ギルド内を一通り見て回っていた。

それが終わったところで2階のギルドマスターの部屋へ。

もちろん俺もフェルたちを連れて中へと入っていった。

◇◇◇◇◇

「ラングリッジ伯爵、彼がSランク冒険者のムコーダです」

ギルドマスターの紹介を受けて、俺も挨拶をする。

「ラングリッジ伯爵様、お会いできて光栄です。ムコーダと申します」

「うむ。噂《うわさ》はかねがね聞いているぞ。して、そっちにいるのがフェンリルか」

フェルとドラちゃんとスイは伯爵様がいてもどこ吹く風で、俺たちが座っているイスの裏で固まって寝っ転がっていた。

「おいっ、伯爵様に対して失礼ではないかっ。早く起こせっ」

フェルたちを見て、伯爵様の従者が失礼だといきり立った。

『黙れ人間。人間風情がフェンリルの我に命令するのか？　お主こそ何様のつもりだ？』

フェルが威嚇しながら低い声でそう言った。

はいはい、歯をむき出しにしない。

って、フェルこそ何様のつもりだよ。

「ひっ……」

あぁ～、従者さん青くなってブルブル震えて今にも倒れそうになってるじゃないか。

「フェル、落ちついて」

『フンッ、人間風情がフェンリルたる我に命令するなど付け上がっているからだ。今、我が言うことを聞いてやってもいいと思っているのは此奴《こやつ》だけだぞ。それ以外の人間に指図されるのは業腹だ。あまり付け上がって無礼なことをするようなら、この街ごと、いや国ごと亡《ほろ》ぼしてくれるわ』

…………。

フェルさんや、ちょっと黙ろうか。

そして、そういう怖いこと言わないでくれるかな？

街とか国を亡ぼすとかさ。

シーンとなっちゃったじゃないか。

従者さんなんて気絶して倒れちゃってるじゃんか。

伯爵様もお付きの騎士さんもギルドマスターも、みんな顔色悪くなってるし。

この場を、どうしてくれよう。

「えーと、あの、一応フェンリルなので、言葉には気を付けていただけますと……。もちろん私も全力で止めますが、頭に血が上ってついついということがないとも言えないので。本当に申し訳ないのですが……」

フェルに限ってそんなことはないと思うけどさ。

でも、実際に街も国も消し飛ばす力があるからねぇ。

「う、うむ、分かったぞ。皆も分かったな」

伯爵様がそう言うと、みんな一様に頷《うなず》いた。

倒れた従者さんは、いつの間にか連れ出されていなくなっていた。

「ムコーダもそんなに畏《かしこ》まらなくてよい。王宮からの通達の通り、お前たち一行については我が国内では自由に過ごしてもらうのが基本。そして、こちらから無理強いするようなことは絶対にせん。フェンリルが我が国にいることが国益となるからな」

「ありがとうございます。そう言っていただけると、安心してこの国にいることができます」

「そして、その滞在拠点が我が領となれば、こちらとしてもありがたい」

そう言って伯爵様がニヤリと笑った。

伯爵様の話しぶりからすると、フェルがこの国にいるってことが大事なんだろうけど、その拠点がここと決まれば政争でも有利に働くっていうことなんだろう。

ま、俺たちに直接手出しさえしなけりゃ政争の具にでも何にでもしてもらっていいんだけどね。

「して、話は変わるが、例の物は……」

あ、そうだった。

伯爵様への贈り物だよ。

「こちらをご用意させていただきました。是非ともお受け取りください」

俺はアイテムボックスから昨日用意したものを取り出した。

ダンジョン産の宝箱に詰めた贈り物セットだ。

何に入れたら見栄えがいいかといろいろ考えた結果、これがいいかなと思ってね。

使ったのはドランのダンジョンで出たミミックの宝箱（大）だ。

これなら宝飾もそれなりにあって見栄えもいい。

「中には石鹸《せっけん》、シャンプー、トリートメント、ヘアパックをご用意させていただきました」

あまり少なくてもショボいかなと思い、ぎっしり詰めてやった。

「ランベルト商会で売っているものだな。妻と娘たちが愛用している。ありがたく受け取ろう」

伯爵様の奥様とお嬢様方にも使っていただいているようだ。

ランベルトさんのところとは懇意にしているみたいだし、当然と言えば当然か。

「そしてこれが……」

伯爵様の前に小さな宝箱を出した。

これもドランのダンジョンで出た宝箱だ。

特別感を出すために、伯爵様が喉から手が出るほど欲しいだろう【神薬　毛髪パワー】を入れてある。

もちろん、共に使うことで効果を発揮するシャンプーも一緒だ。

それぞれ2本ずつ進呈することにした。

「おおっ、これが例の物かっ」

宝箱を開けて、【神薬　毛髪パワー】の入った瓶を手にしてしげしげと見つめる伯爵様。

「これを使えば、ヴィレムのようになるのだな？」

真剣な目をした伯爵様がそう聞いてきた。

伯爵様、目がマジだよ。

「ギルドマスターの話ですと、多少個人差はあるようですが、間違いなく生えます」

俺はそう言って力強く頷いてみせた。

何せスイ特製エリクサー入りの神薬だからね。

鑑定でも〝育毛・発毛に抜群の効果をもたらす。薄毛・抜け毛の特効薬〟ってなってたし。

効果もギルドマスターの変わりようを見れば一目瞭然だ。

「うむ。今日から使ってみるぞ」

それから伯爵様に使い方を伝授した。

「もう少しすれば社交界シーズンに入る。その前にこれを手に入れることができた私は運が良かったな」

そう言って伯爵様がニヤリと笑った。

貴族も見た目が勝負みたいなところがありそうだもんね。

イケメンだけど、今は残念感がハンパない伯爵様も、素がいいから【神薬　毛髪パワー】を使ったら渋いイケメン親父《おやじ》になるんだろうなぁ。

渋いイケメン親父って、大人の魅力ムンムンで何だかめちゃくちゃモテそうなんだけど。

あれ、【神薬　毛髪パワー】を渡さない方が良かったか？

なんて心の中で思っていると、伯爵様からお声が。

「ところでだ、ヴィレムから多少は聞いているが、良からぬところからちょっかいを受けているということだな？」

伯爵様にはギルドマスターから話はある程度通っているようだ。

「はい。石鹸やらシャンプーやらの件で、そのようです。まだ直接手は出されたわけではないのですが……」

「安心するが良い。ムコーダたちには一切手出しせぬよう取り計らう。この際、王宮とも連携して潰してしまった方が良いだろう。彼奴《あやつ》らの悪評は兼ねてから目に余る物があるからな、喜んで手を貸してくれることだろう」

何だかにこやかにサラッと怖いことを言われた気がするんだが……。

これ、クルベツ男爵もスタース商会も潰すってことだよね？

貴族怖い、貴族怖いよ。

「そうだ、これは定期的に手に入るんだろうな？」

伯爵様が【神薬　毛髪パワー】の入った宝箱（小）を大事そうに持ちながらそう聞いてきた。

エェェ、さっき潰すとか言ってたのに、今度はそっちの話？

伯爵様、サラッと流しすぎだよ。

「は、はい。売りに出すときは、ランベルト商会にお願いしようと思っております」

「ふむ、これほどのものは売りに出すとしても万人にというわけにもいくまい。ランベルトとよく相談するようにな」

漠然と売るならランベルトさんのところからとしか考えてなかったけど、伯爵様の言うとおりかも。

ちょびっととは言えエリクサー入りだから、値段も高めの設定にせざるをえないし。

「分かっているとは思うが、私には優先的に頼むぞ」

「はい、それはもちろんです」

伯爵様、その辺は分かってますって。

それから伯爵様は席を立ったんだけど、冒険者ギルドを出るときに一芝居打ってくれたよ。

もちろん俺もギルドマスターもお見送りしたんだけど、そのときにこれ見よがしに……。

「Sランク冒険者が我が領を拠点としてくれるのは大変喜ばしいことだ。ムコーダ、どんな小さなことでもいい、何か困ったことがあった場合は、私に言うといい。迅速に対処するゆえな」

にこやかな顔で伯爵様はそう言いながら俺の肩をポンポンと叩《たた》いた。

「はい、何かあれば頼らせていただきます」

俺も伯爵様に対して、笑顔でそう答えた。

これを見たギャラリーは、きっと俺と伯爵様が懇意だと思うだろうな。

そして、ラングリッジ伯爵様は馬車に乗って帰っていった。

伯爵様の馬車が見えなくなるまでお見送りしたあとに、ギルドマスターに聞いてみた。

「ギルドマスター」

「何だ?」

「さっき伯爵様が言ってた潰すって話、本気なんですかね?」

「あそこまで口に出すってこたぁ本気だろ」

「……クルベツ男爵とスタース商会、両方ってことですよね?」

「だろうな。王宮と連携してって言ってたからな、どっちももう逃げらんねぇよ。特にクルベツ男爵は今までは貴族ということもあって見逃されてきた部分もあったろうが、今度はそうもいかねぇだろう。お国が本気で調べるってことは、逃す気はねぇってことさ。男爵家は取り潰し、スタース商会は会頭以下主要な役職の者は犯罪奴隷として鉱山送りになるんじゃねぇかな」

うぇぇ…………。

俺がドン引きしていると、ギルドマスターは「あいつ等《ら》はやりすぎたんだよ。自業自得ってもんだ」とこともなげに言った。

いや、いろいろ悪いことやってるとは聞いてるから、自業自得なんだろうけどさ。

お家取り潰しに犯罪奴隷って、ねぇ。

「フェンリル込みのお前たちとクルベツ男爵とスタース商会を比べたら、どっちが国益に繋《つな》がるかなんて分かりきったことだろうが」

えー、俺たちのせいなの？

別に俺ら何にもしてないからね。

「まぁ、気にすんなって。どっちにしろクルベツ男爵とスタース商会も終わりだ。お前が何かされることもないだろうよ。ってことで、安心してこの街を拠点に活躍してくれよ。期待してるからな！」

期待してるからなって、ハァ。

まぁ、心配事がなくなったのは嬉《うれ》しいけどさ。

家に居座る理由もなくなっちゃったってことじゃないか。

「フェルたちがダンジョンって騒ぎそう……」

俺はフェルたちがいる2階を見上げて独りごちた。

ちなみにフェルたちは、伯爵様の見送りに出てきた俺たちをよそにギルドマスターの部屋で昼寝の真っ最中。

どこまでもゴーイングマイウェイな奴《やつ》らだよ。

◇　◇　◇　◇　◇

伯爵様が冒険者ギルドにやって来た翌日。

朝からガッツリとオークの味噌《みそ》焼き丼をたらふく食った後にフェルが一言。

『よし、ダンジョンに行くぞ』

案の定というか、面倒な問題が片付いたと思ったら、やっぱりフェルがダンジョンと言い出した。

『おっ、ダンジョン行くのか？』

『ダンジョン、ダンジョン』

それを聞きつけたドラちゃんとスイもダンジョンと言い出す。

「いやいや、行かないよ。ランベルトさんのところに注文してるワイバーンの皮のマントだってまだ受け取ってないんだから」

そう、マントだ。

そのこともあってカレーリナに戻ってきたんだし。

それに俺、マントの出来上がりけっこう楽しみにしてるんだぞ。

『むぅ、つまらん』

『何だ、ダンジョン行かないのかよー』

『ダンジョンー』

みんなダンジョン好きだねぇ。

あんな危ないところ好き好んで行くもんじゃないと思うんだけど。

やっぱり俺としちゃ家でのんびりするのが一番だよ。

とは言っても、家にばかりいてはフェルたちの不満も募るというもの。

ここはとりあえず狩りにでも連れて行くかと思っていると……。

「「「おはようございます」」」

「ムコーダのお兄ちゃん、おはよう！」

アイヤ、テレーザ、セリヤちゃん、そして最年少ロッテちゃんが仕事のためにやって来た。

「みんな、おはよう」

みんなそれぞれ何かを抱えているけど……。

「ムコーダのお兄ちゃん、はいあげる。お母さんが焼いたパンだよ！」

「おお、テレーザのパンか。ありがとう！」

ロッテちゃんからパンを受け取った。

「お、まだ温かいね」

焼いてからあまり時間が経《た》っていないのか、まだ温《ぬく》もりが残っていた。

「フェル様たちの分もと思って、たくさん持ってきました」

テレーザがにこやかにそう言った。

みんなが抱えてるのもパンなんだ。

いっぱい焼いてくれたんだな、ありがたい。

「自分で作ったパンの素《もと》とムコーダさんからいただいたパンの素を使って2種類焼いてみたんです」

「へぇ～、そりゃ楽しみだな」

みんなが抱えたたくさんのパンはキッチンへと運んでもらった。

「それじゃ、私たちはお掃除させていただきますので」

「お願いね～」

アイヤとテレーザ、そしてセリヤちゃんとロッテちゃんは、掃除道具の置いてある地下室へと歩いていった。

うちの掃除道具はネットスーパーで買ったものが多いから、基本は人の目に付かない地下にしまっているのだ。

「さてと、それじゃ早速味見させてもらおうじゃないの」

どちらのパンも直径20センチちょいくらいの丸型の田舎パンのような感じで、この世界で一般的に流通している全粒粉の小麦で作られたパンだ。

切り分けて、まずは何もつけずにそのままで。

「テレーザの天然酵母パンは、目が詰まっていて固めだな。でも、全粒粉の滋味深い味わいを楽しむなら、これくらい噛《か》み応えのあるパンの方がいいのかもしれないぞ。焼いて間もないから皮がパリッとして美味《うま》いのもいいな」

次は、俺の渡したドライイーストで作ったパンだ。

「こっちはさっきのテレーザの天然酵母パンよりふんわりした食感になってる。これは軽くトーストした方が、全粒粉の香ばしさもより感じられて美味いかもしれないな」

どちらにしても、この2種類のパンは絶対に塩気のあるものと合うはず。

確か、アイテムボックスにチーズとハムが……、あった。

両方のパンにチーズとハムを挟んで、パクリ。

「お～、やっぱり。どっちのパンも塩気のあるものと抜群に合うな！」

これは肉を挟んだガッツリ系サンドイッチなんかにすんごく合うと思うな。

ふむ、サンドイッチか……。

よし、今日はピクニックに行くぞ！

フェルたちを連れて狩りにって思ってたんだし、どうせ街の外に出るならその方がいい。

今日は天気もいいし、絶好のピクニック日和だしね。

俺はどっかその辺の草原に下ろしてもらって、そこで美味いサンドイッチを作ってるから、その間フェルたちは狩りにでも行っていてもらう。

うん、完璧じゃないか。

よし、そうしよう。

◇◇◇◇◇

「それじゃ用意しておくから、あまり遅くなるなよ」

『分かっておる。たっぷり作っておくのだぞ』

『俺もいっぱい食うからな！』

「分かってるって」

フェルとドラちゃんが狩りをしに近くの森へと駆けていった。

ここは街の西側にあるだだっ広い西の草原だ。

前にブラッディホーンブルの群れの討伐に来た場所だ。

ここは初級冒険者の狩場の一つにもなっているため、遠くに冒険者がいるのがちらほら見える。

『あるじー、遊んでくるねー』

スイは草原で走り回って（這《は》い回って？）遊びたいと言って、狩りには行かずにいた。

「はいよ。あ、あんまり遠くに行っちゃダメだからな。それと冒険者がいるから気をつけるんだぞ。スイの方が強いんだから、攻撃しちゃダメだからな」

スイの攻撃なんて受けたら、初級冒険者は即死しちゃうからな。

『はーい』

そう元気に返事したスイが草むらの中に消えていった。

「さてと、俺も作るか」

アイテムボックスから魔道コンロを出した。

作るサンドイッチは……、ズバリ、超贅沢《ぜいたく》ドラゴンステーキサンドとオーク肉のゆで豚サンドだ。

たまにはいいかなってことで、贅沢にいい肉を使うことにした。

ドラゴンステーキサンドの方は地竜《アースドラゴン》の肉で、ゆで豚サンドの方はオークジェネラルの肉を使う。

普段は普通のオーク肉を使うようにしてるから、ちょっといいオークジェネラルの肉もまだ余裕があるんだ。

久々のドラゴンの肉なもんだから、フェルもドラちゃんもスイも食う気満々だった。

テレーザにお裾分けしてもらったパンが足りるかどうかが心配だよ。

材料はほぼ手持ちのものでそろっているから、足りない野菜類をネットスーパーで買えばＯＫだ。

「よし、まずは時間のかかるゆで豚からだな」

オークジェネラルの塊肉を鍋に入れて、肉が隠れるくらいに水を入れたらぶつ切りにしたネギと薄切りにしたショウガ、酒、塩を入れて火にかける。

沸騰したらアクをとって、弱火にして中に火がとおるまで30分から40分ゆでていく。

その間にドラゴンステーキサンドを作る。

ドラゴンステーキサンドはシンプルイズベストだ。

軽く塩胡椒《こしょう》を振った地竜《アースドラゴン》の肉を焼いて、ステーキソースに絡めたら、軽く焼いてバターを塗ったテレーザのパン（ドライイーストの方）に挟むだけ。

野菜はなしでパンと肉のみだ。

香ばしくて滋味深い味わいのパンとガツンと美味いドラゴンの肉は最高の組み合わせだと思うんだ。

ステーキソースは今回はいつものステーキ醤油《しょうゆ》でなく別な物を用意した。

いつものステーキ醤油ももちろん十分美味いんだけど、パンに合わせるならこっちの方が美味いかもと思って選んだのは、醤油をベースに黒胡椒とローストガーリックを利かせたステーキソースだ。

これも何度か買って使ったことがあるんだけど、黒胡椒がけっこう入っててピリッとした辛味があって美味いのだ。

「よし、できた。早速味見〜」

ガブリ。

出来上がったばかりのドラゴンステーキサンドにかぶりついた。

「ンーーーーッ、美味いッ！」

文句なしに美味い。

というか美味くないはずがない。

「あ〜、うまっ。ダメだ止まらん」

最初に作ったステーキサンドは、結局すべて俺の腹に収まることになった。

「全部食っちゃったよ。ハハッ。いやぁ、美味すぎるぜこれは」

気を取り直して、再びステーキサンドを作った。

途中懸念していたとおり、テレーザのパンがなくなってしまったので、ネットスーパーで全粒粉の食パンを買い込んでそれで作っていった。

「ふぅ、ステーキサンドはこんなもんでいいかな。次はゆで豚サンドだな」

ゆで豚の方もステーキサンドを作っている間にしっかりとゆで上がっているから、一緒に挟むレタスとソースの用意だな。

レタスは洗って適当な大きさにちぎっておけばＯＫ。

ソースは粒マスタードソースだ。

粒マスタード、醤油、ハチミツ、酢を混ぜ合わせて、最後に塩で味を調えて出来上がりだ。

あればバルサミコ酢なんかを使ってもよりコクがでて美味いかもしれないな。

ソースができたら、ゆで豚サンドを作っていく。

軽く焼いてバターを塗ったテレーザの天然酵母パンにレタスを載せて、その上に切ったゆで豚を載せていく。

その上に粒マスタードソースをかけて、パンで挟めばゆで豚サンドの出来上がりだ。

「どれ、味見だ」

出来上がったばかりのゆで豚サンドをパクリ。

「ほうほう、ゆで豚にピリッとして酸味のある粒マスタードソースがよく合うね。それに噛み応えのあるこのパンとも相性抜群だわ」

俺が味見とは言えないほどにゆで豚サンドをパクつきながら舌鼓を打っていると、スイの声が脳内に響いた。

『あるじー』

「ん？　スイ？」

『うしろだよー』

後ろを向くと、すごい勢いで草原の中を走ってこちらに向かってくる3人の少年冒険者の姿が。

「は？」

『わーい』

草の間から飛び出してきたスイがピョ～ンと俺の胸へとダイブ。

「ハァ、ハァ、ハァ、おっさん、そのスライムを俺らによこせっ」

俺の前へとたどり着いた3人の少年冒険者。

この草原にいるということは初級冒険者なのだろう。

「そうだぞっ！　そのスライムは俺たちの獲物だ！」

「横取りすんな！」

エエ～、これ、どうなってんの？

スイ、お前何やらかしたのさ？

『えへへ～、追いかけっこしてたんだよ！』

俺の腕の中でブルブル震えながら嬉しそうにそう伝えてくるスイ。

追いかけっこって……、スイは遊んでいるつもりだったんだね。

「あー、君たち、このスライムは俺の従魔だからね」

いきり立ってる少年たちにそう伝える。

「は？　従魔？　どこにそんな証拠があるんだよ！」

「そうだそうだ！」

「早くそのスライムをよこせ！」

……頭に血が上ってて人の話を聞きゃしないんだから、まったくもう。

『スイ、この少年たちと会ったときのこと教えてくれる？』

『んとね、スイが遊んでたらこの人たちが来て、スイのこと蹴ろうとしたの。だからスイ、ヒョイッとよけたの。そしたら、みんなで蹴ろうとしたり剣で切ろうとしたりしたからヒョイヒョイッてぜーんぶよけたんだよ』

ふむふむ。

偶然かち合って、3人の中の1人が普通の雑魚スライムだと思って蹴ろうとしたのか。

だけど避けられて、今度は全員で攻撃。

でも、全部スイは避けたってわけだな。

そりゃヒュージスライムにまで進化して俊敏性も高いスイに君らの攻撃が当たるわけないわなぁ。

『でね、あるじが攻撃しちゃダメーって言ってたから、この人たちをよけて進んだの。そしたら、この人たちが追いかけてきたんだよー。追いかけっこなら、スイ負けないもんね～』

あはは、そうだね、スイちゃん。

なるほど、そういういきさつがあったんだ。

「よせっていうけどね、うちのスライム、スイっていうんだけど、君たちより強いよ。本気で戦ったら瞬殺だからね」

ビュッビュッって酸弾食らって終わりだから。

ホントだぞ。

「何言ってんだおっさん！　俺たちが雑魚スライムより弱いっていうのか!?」

「そうだぞ、おっさん！　雑魚のスライムが俺たちより強いわけねぇだろ！」

「そうだそうだ！　俺たちが雑魚スライムより弱いなんて、おっさん俺たちにケンカ売ってんのか？　ケンカなら買ってやるぞ！」

俺のスイの方が君たちより強いって言葉を聞いて、むきになっているようだね。

本当のことしか言ってないんだけど。

スライム＝雑魚ってイメージでいるようだけど、うちのスイに限っては当てはまらないんだけどなぁ。

というか、君たち、おっさん呼ばわりは止《や》めなさい。

俺だってまだ20代なんだから、断じておっさんではない。

…………よな？

まぁ、その話は置いておいて、どうしたもんかと思っていると、３人の少年のうちの１人が「あっ」と何かを思い出したように声を上げた。

「おい、ちょっと待て。確か、この街にSランクのテイマーが来てるって噂になってなかったか？」

「そういやそんな話聞いたな。でも、そのテイマーは狼《おおかみ》系のデカい魔獣を連れてるって話じゃなかったか？」

「ああ。でも、それ以外にも小さいドラゴンとスライムを連れてるって俺は聞いたぞ」

3人がコソコソと話している。

君たち、全部聞こえてるよ。

レベルが上がって身体能力も上がったからなのか、耳もよく聞こえるようになってるんだから。

ちなみにだけど、多分それ俺だと思うぞ。

3人の視線が俺の胸元にいるスイに集まる。

「「「スライム……」」」

うん、スライムだ。

今はここにいないけど、デカい狼《フェンリル》と小さいドラゴン《ピクシードラゴン》もいるぞ。

『あるじ～、ごはんまだぁ？』

この微妙な空気の中でも、どこ吹く風の平常運転のスイだ。

『うーん、まだかな。フェルたちが戻ってきてからみんなで一緒にね』

『はーい。スイ、お腹《なか》すいたけど、フェルおじちゃんとドラちゃんが戻るまで待つよー』

はぁ、うちのスイはかわええなぁ。

スイを撫《な》でてほっこりしていると、３人の少年が再びコソコソ話しているのが聞こえてきた。

「た、確かにスライムはそうかもしんないけど、狼とドラゴンはどうしたんだよ？　連れてないじゃんか」

「そうだよ。それにあのおっさんどう見たってＳランク冒険者には見えないしよ」

「確かに。Ｓランクの強者《つわもの》には見えないな」

おいおい、君たち、ちょっと失礼だぞ。

聞こえてないと思ってるからそんなこと言ってんだろうけど、バッチリ聞こえてるからな。

それと、Ｓランク冒険者には見えないかもしれないけど、間違いなくＳランクだからね。

そろそろ種明かししておくか。

「あー、君たち、俺には他にも従魔がいてな……」

『おい、この小童《こわっぱ》どもは何なのだ？』

「ああ、フェル、お帰り。ドラちゃんもお帰り」

『おう、戻ってきたぜ～』

フェルとドラちゃんが戻ってきた。

ちょうどいいから３人の少年に説明を続けようとすると……。

「あれ、３人とも固まってら」

目と口を限界まで開けて微動だにしない。

瞬きもしてないようなんだけど、大丈夫か？

「おーい」

３人それぞれ目の前で手を振ると、ようやく目をパチパチ瞬かせた。

「デカい狼……」

「小さいドラゴン……」

「スライム……」

「「「Sランク冒険者？」」」

俺を見ながら３人が同時にそう聞いてきた。

君たち息が合ってるね。

「まぁ、一応」

俺がそう答えると、３人が３人ともどんどん顔色が悪くなっていく。

そして……。

「「「す、すんませんでしたっ！」」」

そう言うなり深々と頭を下げた。

「生意気言ってすんません！」

「冒険者になったばっかで粋がってました！」

「失礼なことばっか言ってすんません！」

「「すんませんでした！」」

あら～、すっかりしおらしくなっちゃって。

まぁでも、おっさん呼ばわりはあれだけど、直接なんかされたわけでもないしね。

スイも遊んでもらって（？）楽しかったようだし。

「まぁ、直接手を出されたわけでもないから大丈夫だよ。でも、次からは気をつけた方がいいぞ。俺みたいな冒険者ばっかりじゃないだろうからな」

俺がそう言うと、3人の少年はホッと息を吐いた。

『おい、そんな小童どうでもいい。腹が減ったぞ』

『俺もだ』

『スイもお腹減ったよ～』

「あー、ごめんごめん。もうできてはいるよ。ちょっと待ってな」

アイテムボックスに入れていたドラゴンステーキサンドとオークジェネラルのゆで豚サンドをみんなに出してやった。

『うむ。久々のドラゴンの肉だな』

『待ってました！』

『おいしそ～』

フェルとドラちゃんとスイが、楽しみにしていたドラゴンステーキサンドにかぶりついた。

やっぱそっちからか。

ゆで豚サンドも美味いからそっちもちゃんと食えよな。

さてさて、何を獲《と》ってきたのかな？

フェルに渡していたマジックバッグの中を確認した。

出てきたのは……。

「スッゲー！　コカトリスが5羽もいる！」

「コカトリスの卵もあるぜ！　あれってなかなか採れないんだろ？」

「ああ。卵を産んだあとのコカトリスは気性が荒くなるって言うからな」

俺がマジックバッグの中身を出して確認していると、ちゃっかり3人の少年もそれを見ていた。

あれ、君たちまだいたの。

次に出てきたのは茶色い大きくて立派な角を持った巨体だ。

「ジャ、ジャイアントディアーだ！」

「Bランクの魔物だぜっ」

「スゲェ～」

最後は細長い黒い巨体が出てきた。

「……ブ、ブラックサーペントだ。図鑑で見たから間違いない」

「ブラックサーペントって言ったら、Aランクじゃないか……」

「これがブラックサーペント。俺、初めて見た……」

3人ともブラックサーペントに目が釘付《くぎづ》けだ。

これ、美味いからフェルがけっこう獲ってくるし、うちでは普通に食ってるよって言ったら驚くんだろうなぁ。

「触ってみる？」

初めて見るAランクの魔物をキラキラした眼差《まなざ》しで見つめる少年たちにそう提案してみると……。

「「「いいんですかっ!?」」」

「あ、ああ」

なんかすごい勢いでこっち見たよ。

まぁ、冒険者になりたてみたいだし、Aランクの魔物に触れる機会なんてそうそうないか。

少年たちが恐る恐るブラックサーペントに触っている。

「おお～、ツルツルした鱗《うろこ》なんだな」

「俺知ってる。これで作った革製品ってめちゃめちゃ高いんだぞ」

「これ1匹で、どれくらいの報酬になるのかな？」

3人の少年が顔を見合わせる。

「いつか俺らもブラックサーペントを狩れるようになりたいな」

「ああ。ランク上げて、いっぱい稼げるようになりたい」

「高ランク冒険者目指してがんばろうぜ！」

盛り上がってるところ悪いんだけど、君たち依頼の途中だったんじゃないの？

高ランク目指すなら依頼は達成しないとな。

「君たち依頼は大丈夫なのか？」

「そうだ、依頼！」

「ホーンラビットだ」

「あと2匹狩らないといけないんだった！」

俺に依頼のことを言われて思い出したようだ。

「いいもの見せてもらって、ありがとうございました！」

「「ありがとうございましたっ」」

そう言って3人が去ろうとしたのを止めた。

「ちょっと待ってね……」

ドラゴンステーキサンドは君たちにはまだちょっと早いだろうから、こっちだな。

「はい。これでも食ってがんばんな」

俺は3人にゆで豚サンドを差し出した。

「いいんですか？」

「若者が遠慮すんな。食え食え」

「「「ゴチんなります！」」」

3人がゆで豚サンドを手に去っていった。

すぐさまかぶりついたのか「ウメェ！」という声が聞こえてくる。

「Sランクってこんな美味いもん食ってんだな！」

「絶対に高ランク冒険者になるぞ！」

「ああ。高ランク冒険者になって稼ぎまくって毎日美味いもん食うぞ！」

「「「おうっ！」」」

若いっていいね〜。

『おい、おかわりだ。ドラゴンの方をたっぷりだぞ』

フェルがドラゴンステーキサンドの追加をご所望だ。

『俺もドラゴン追加だ！』

『スイもー』

ドラちゃんとスイもだ。

ドラゴンステーキサンド、美味いもんなぁ。

みんなに追加で出してやった。

でも俺はあえてゆで豚サンドを。

そしてネットスーパーで、これを……。

プシュッ、ゴクゴクゴク。

「あ～、うまぁ」

そして、ゆで豚サンドを一口。

またビールをゴクリ。

「やっぱり合うわぁ。このゆで豚サンド、このビールに合いそうだと思ったんだよね～」

K社の昔から親しまれている苦みが利いたキレのある口当たりのビール。

それと辛みと酸味の利いたソースのかかったゆで豚サンドが絶妙に合う。

真昼間からビールってのもアレだけど、我慢できないわこんなの。

ピクニック日和の青空の下、爽やかな風そよぐ草原で美味い食事にビール。

「最高だね」

俺たちは青空の下での食事を存分に楽しんだ。

フェルたちにはドラゴンステーキサンドの方が人気だったけど、ゆで豚サンドも作った分はちゃんと食ってくれたぞ。

そして、たらふく食って腹いっぱいになるとポカポカ陽気も相まって眠気が……。

それはフェルたちも同じだったようで、横になって眠るフェルに寄りかかってドラちゃんとスイも昼寝していた。

「ヤバいくらいの眠気が……。フェルもいるし、ちょっとだけ」

そう思いつつ、フェルを枕に俺も眠った。

………………

…………

……

「ん……」

真っ先に感じたのは草の匂い。

目を開けるとボンヤリと辺りの風景が目に入った。

「はっ、草原に来てたんだった！」

薄暗くなった草原には人っ子一人いなくなっていた。

「フェルっ、起きろっ！」

『ぬう、何だ？』

フェルをペシペシ叩いて急いで起こした。

「ドラちゃんもスイも起きろ」

ドラちゃんとスイも起こしにかかる。

「早く帰らないと街の門が閉まっちゃうぞ！」

『む、もうそんな時間か』

『ふぁ～、良く寝た』

『ｚｚｚ』
あまりにも気持ち良かったもんだから、みんなして寝すぎてしまった。
「早く早く！」
まだ起きないスイは革鞄《かばん》に入れて、フェルに飛び乗った。
『よし、飛ばすぞ』
『おうっ』
その言葉どおりフェルはすごい速さで街まで駆け抜けていった。
俺は振り落とされないように必死にしがみついてたけど。
そのおかげでなんとか間に合った。
せっかく家を買ったのに野宿なんてハメにならなくて良かったよ。

# 第五章 フェルさんのブートキャンプ 特別編 ～食い物の恨みは海より深い～

「ランベルトさん、こんにちは」

「おおムコーダさん、いらっしゃい」

ちょうど店先に出ていたランベルトさんに挨拶をした。

伯爵様に献上した【神薬　毛髪パワー】の件の話でランベルトさんの店を訪れた。

「実はお話ししたい件がありまして……」

「先日、伯爵様が来られたのと関係がある話ですかな？」

さすがは商人。

伯爵様と俺が会ったというのも把握してるんだろう。

「ええ。実は……」

ランベルトさんに伯爵様と会ったときのことを話して聞かせた。

もちろん【神薬　毛髪パワー】の効果も含めて。

「そんなことになっていたのですか……」

「ランベルトさんの名前勝手に出してしまってすみません。卸すとしたら、ランベルトさんの店しか考えられなかったもので」

やっぱりお願いするとしたらランベルトさんしかいない。

ある程度付き合いがあって信用できる商人って言ったらランベルトさんしか思い当たらないし。

「すごい効き目のようですが、やはり商人としては効果を確かめてからでないと何とも……」

それは当然だろう。

売るとなれば金が絡んでくる話だしね。

そこはそういう話になるだろうなと思って、昨日の夜にシャンプーと【神薬　毛髪パワー】を用意して持ってきていた。

「それでは、シャンプーと育毛剤を置いていきますので効果の程を確かめてください」

「分かりました。おかげさまで私は薄毛で悩むことはありませんが、従業員の中にうってつけの者がおりますので、その者に試させましょう」

ランベルトさんにはしっかりと使い方の説明をした。

「そうだ、ご注文のワイバーンのマントですが、あと数日でお渡しできると思いますよ。私も見ましたが、素晴らしい出来栄えです。職人自身もこれほどの出来栄えはそうそうないと申しておりました」

「ほ～、それは手にするのが楽しみですねぇ」

ランベルトさんも作った職人さんも素晴らしい出来栄えと評するならば、さらに手にするのが楽しみになる。

「それと、鞘《さや》付きベルトと靴の方は出来上がってるのですが、お持ちになりますか？」

そういやマントメインで考えてたし今のベルトと靴で不満もなかったからすっかり忘れてたけど、鞘付きベルトと靴も頼んでたんだった。

どうせならマントと一式受け取った方が嬉《うれ》しいかなと思って、そのようにしてもらう。

「それでは効果を確認し次第ご連絡しますので」

「よろしくお願いします」

◇◇◇◇◇

「ムコーダさん、ランベルト商会からの使いです。何でもすぐに店に来て欲しいそうです」

フェルたちにせっつかれてちょうど狩りに行こうと思った矢先にテレーザからそう伝えられた。

この間ランベルトさんの店に行ってから2日しか経《た》ってないんだけど、ワイバーンのマントができたのかな？

それにしちゃ、すぐっていうのもおかしな話だし……。

ま、行ってみれば分かるだろう。

とにかくすぐに行かないといけないな。

「そういうわけだから、今日は狩りは中止だ」

『なぬ!?』

『何だってー!?』

『ええ～』

これからという矢先だったものだから、フェルもドラちゃんもスイも不満そうだ。

「しょうがないだろ、すぐっていうんだから。明日連れて行ってやるから。何なら、冒険者ギルド行って適当な依頼がないかどうかも確認してみるしさ」

『むぅ、しょうがない。ランベルトと言うと、あの皮の店だろう?』

「ああ」

『すぐに連れて行ってやるから、それが終わったら冒険者ギルドで依頼がないか確認しろ。受けるなら、歯応えのある依頼だからな。そして、あるようだったらすぐに受けるのだ』

ええ～、それって依頼確認して場合によっちゃすぐに出発するってことだろ?

『お、それいいな』

『ビュッビュッって戦えるの～?』

ドラちゃんもスイもヤル気になっている。

しょうがないな、もぅ……。

「分かったよ。とりあえず、ランベルトさんのところはすぐにって話だからそっちが先だ」

俺はフェルの背に乗せてもらい、ドラちゃんとスイも一緒にランベルト商会へと向かった。

◇　◇　◇　◇　◇

「お呼びたてしてすみません」

店の前でランベルトさんが待っていた。

「いえいえ、何か急ぎの用ですか？」

「ここでは何ですから、奥へどうぞ」

ランベルトさんに連れられて、奥の部屋へと入った。

イスに座り、メイドさんがお茶を出してくれた後にランベルトさんが話を切り出した。

「実はですね、ラングリッジ伯爵様から早馬で便りが届きまして……」

ランベルトさんの話では、今、伯爵様は王都に向かう途中なんだそうだ。

そういや社交界シーズンがどうとか言ってたな。

それで、その道すがらベルトーネ子爵領で宿泊なさったそうなんだが……。

「ベルトーネ子爵様がラングリッジ伯爵様を見てそれはそれは驚かれたそうで。そして、ムコーダさんの育毛剤のことを少しお話ししたそうなのですが、是非とも欲しいと熱心に頼まれたそうなのです」

そのベルトーネ子爵様とやらもハゲで悩んでたんだろうなぁ。

【神薬　毛髪パワー】の効果を見たら、そりゃあ欲しくなるわな。

「ラングリッジ伯爵家の分としてとりあえず50本は確保せよとのことでした。それと、伯爵様のご紹介なしに育毛剤を販売しないようにとの仰せでした」

伯爵様、分かります。

【神薬　毛髪パワー】を貴族間のコネ作りに利用するんですね。

「私も伯爵様のご紹介による販売というのはいいと思います。ムコーダさんからいただいた育毛剤を従業員に試させてみましたが、その効果に驚きましたよ。使用してまだ2日だというのに、見違えましたからね。これだけ効果のあるものですから、私が売るなら1瓶で金貨50枚です。それでも安いと思われる方は多いと思いますよ。何せ、この効果を見れば、値段に関係なく喉から手が出るほど欲しいという方は多いでしょうからね」

き、金貨50枚か……、1瓶で……。

あれ、元値は銀貨3枚なんだけど。

しかも、それを小瓶2つに分けて入れ替えてるし。

スイ特製エリクサーは入れてるけど、1瓶にたったの1滴だよ。

スイ特製エリクサーは元気ハツラツで有名な栄養ドリンクと同じくらいの瓶に入ってるから、1瓶だと何本分になるんだ？

分からんけど、1瓶でもけっこうな本数分になるんじゃないかと思うぞ。

しかし、金貨50枚か……。

薄毛・抜け毛の特効薬、恐るべし。

「安いと思われる方は多いと申しましても、値段が値段ですから、資産のある方向けということになりましょう。そのような場合は、伯爵様の言われるご紹介という販売方法は、確実なうえに然《しか》るべき方々へ伝わっていきますから良い方法だと思います」

うん、金貨50枚は安くないよ。

でも薄毛に悩むお貴族様とか商人さんがこぞって伯爵様の紹介を受けて買い求めるんだろうなぁ。

販売方法の方はランベルトさんにお任せすることにした。

ラングリッジ伯爵様への50本はご紹介分ということにもなるだろうから、そこは格安でお譲りするというランベルトさんの話だったので、その分は俺からの献上ということでタダにしておいた。

「ムコーダさん、よろしいのですか?」

「例の面倒ごとはすべて伯爵様が引き受けてくださいましたし、これくらいのこと安いもんですよ」

「それでは伯爵様にはムコーダさんのご提供だということをしっかりと伝えさせていただきます」

その後、卸値についても話し合ったんだけど、何と1本金貨33枚と決まった。

高すぎやしないかと思ったんだけど、ランベルトさん曰《いわ》く「伯爵様を通じてですが、いろいろと新しい伝手《つて》ができそうですので、うちとしては得しかありませんよ」とのことだった。

ランベルトさんにはいろいろと世話になりっぱなしだ。

前から思っていたけど、ここでお礼の品を渡すことにした。

「ランベルトさんにはいろいろをお世話になりっぱなしで。そのお礼と言っては何ですが、これ、是非受け取ってください」

俺がアイテムボックスから出したのは、エイヴリングのダンジョンのドロップ品のレッドサーペントの皮のうちの1枚だ。

「こ、これは、レッドサーペントの皮ではないですかっ」

「はい、エイヴリングダンジョンのドロップ品です。どうぞ」

「ど、どうぞって、いやいやいや、ムコーダさんっ、レッドサーペントの皮など一生に一度手にできるかどうかの代物ですよ！」

「いいんですよ。ランベルトさんにはお世話になってますし、これからもお世話になりますってことで、どうぞ受け取ってください」

「ゴクリ………。ほ、本当によろしいのですか？」

「はい。その代わりと言っては何ですが、これからもいろいろと相談に乗ってくださいね」

「それはもう」

ランベルトさんの目がレッドサーペントの皮に釘付けだ。

「素晴らしい……」

緊張気味にランベルトさんがレッドサーペントの皮を手に取った。

「ムコーダさん……、私はレッドサーペントの皮を手にするのが夢でした。このご恩は一生忘れません」

ランベルトさん、そう言って涙目になってるよ。

そこまで感動してくれるならやったかいがあるってもんだ。

でも、それと同じのを俺がまだ持ってるってのは内緒だな。

「そうでした、あまりの感動で忘れるところでしたが、ご注文の品ができていますので今持ってこさせます」

おお～、ついにワイバーンのマントができたか！

メイドさんが、マント、鞘付きベルト、靴の一式を持ってきてテーブルの上に置いた。

「どうぞ、身に着けて具合を確かめてください。不都合な点があれば手直しいたしますので」

ランベルトさんにそう言われて、早速身に着けてみた。

ダークグレイの落ち着いた色合いのマントと鞘付きベルトと靴は、どれも今身に着けたというのにいい感じに馴染《なじ》んでいる。

何より軽いのがいい。

「すごくイイです。体にも馴染んで違和感もありません。何より軽いのが気に入りました」

「気に入っていただけて良かったです。ワイバーンの皮は保温性・保湿性にも優れていますし水にも強いので、特にマントは雨の日には重宝しますよ」

ほー、それはいい。

今まではフェルの結界頼りの力業だったけど、土地によっては雨が多いところもあるみたいだから、そればかりに頼っていられなくなる場合もあるかもしれないとは思ってたんだ。

「これはこのまま身に着けて帰ります。精算をお願いできますか」

預かっていた木札をランベルトさんに差し出した。

ワイバーンの皮の残りを支払いの一部にしてもらうことになっていたので、その残りを支払おうとすると……。

「いえ、お代はけっこうですよ」

「え？」

「こんな素晴らしいものをいただいておいて、お代などいただけませんよ。ハハハ」

ランベルトさんが本当に大切そうにレッドサーペントの皮を抱いていた。

いやいやそれとこれとは別だろうと思って、代金を支払おうとしたんだけど、ランベルトさんは一切受け取らなかった。

「それじゃ、また寄らせていただきますので」

「ムコーダさんならいつでも大歓迎ですよ」

そう言ったランベルトさんはいい笑顔だったし、これはこれでいいんだろうと思うことにした。

ランベルトさんの店を出た途端にフェルの念話が。

『よし、それじゃ終わったな。次は冒険者ギルドだ』

あ〜、そういう話だったなぁ。

◇　◇　◇　◇　◇

冒険者ギルドに入ると、すぐにギルドマスターがやって来た。

「おう、ちょうどいい。お前たちを呼ぼうかと思ってたところだったんだ」

「え？　何かあったんですか？」

「それがなぁ……」

最近になって、東の森近くでオークの目撃が多くなってきたこともあってCランク冒険者パーティーに偵察に行ってもらい、ちょうど今帰ってきたところだったのだそうだ。

偵察に行った冒険者たちの報告によると、東の森にオークの集落が見つかったということだった。

「集落ができた場所が悪い。東の森の近くには村がいくつかあるんだが、そのうちの1つに近い場所なんだよ。そんで早急に対処しなきゃならんわけなんだが、今空いているのがBランクパーティーが1つにCランクパーティーが2つしかないんだよ。オークの集落殲滅《せんめつ》の依頼をするにゃ、ちょっと心もとないと思ってな。あと2つくらいCランクパーティーが残ってりゃ良かったんだが。

そこでだ」

　ギルドマスターが俺の肩をガシッと掴《つか》んだ。

「お前、行ってきてくれるか？」

　俺に拒否権ないでしょ。

　肩ガッチリ掴んでるし、逃す気ないでしょギルドマスター。

『オークの集落だと？　つまらん。却下だ』

　フェルはギルドマスターにも知らせるように声に出してそう言う。

『雑魚オークを相手にすんのは俺も嫌だな』

　ドラちゃんもオーク相手は嫌だと念話で伝えてくる。

『スイはビュッビュッってして戦えればいいよ～』

　なぜか戦うことが大好きなスイだけはＯＫのようだ。

「…………おい、頼みの綱のフェンリルが嫌だと言ってるが、何とかならんか。お前の従魔だろ？

何とか説得して、行ってきてくれよ。頼むからさぁ」

　頼むからさって言ってもねぇ。

「フェル、ドラちゃん、森に狩りへ行く途中にでもちゃちゃちゃっとできないかな？」

『オークのような雑魚を相手にするのはつまらん』

『フェルに同意だ。雑魚を相手にしてもなぁ。そんなら森で強い奴《やつ》見つけて狩った方がまだいい』

『うむ。狩りの方がオークなどよりマシな獲物が見つかるだろうからな。他の奴等《ら》に…………、待てよ、その依頼受けてもかまわんぞ』

「ん？　急に依頼を受けるってどういうことだ？」

『そうだぜ。雑魚オークだぞ』

急にＯＫしたのが気になるんだけど。

それに途中少し間があったしさ。

『ドラ、どうせ暇なのだ。今回は我の言うとおりにしてくれ』

『フェルがそう言うなら、いいけどよ』

「え？　本当に受けていいのか？　何か急に受けるって言いだしたのが怖いんだけど」

『まぁ気にするな。フハハハハハ』

フェル、その笑い怖いぞ。

お前、何か企《たくら》んでるよな？

「何か分からんが受けてくれるってことでいいんだよな？」

『うむ。その依頼受けてやろう』

「そうかそうか。ありがたい」

フェルが承諾したことで、ギルドマスターはホッとした顔をしている。

俺は胡乱《うろん》な目でフェルを見た。

これ絶対に何か企んでるよねぇ。

『何だ？　受けてやろうと言っているのだ。問題なかろう』

フェルは俺に対していけしゃあしゃあとそう言ってのけたけどね。

ギルドマスターは俺たちに任す気満々だし、俺だって今さら断れないからこの依頼受けるけどもさ。

大丈夫かなぁ？

一抹の不安を残しつつギルドマスターからオークの集落についての詳しい情報を聞いていった。

そして、今からオークの集落に向かっても夜になってしまうということで、明日決行することで話はまとまった。

「それじゃあ、明日頼んだぞ」

「分かりました」

◇◇◇◇◇

翌朝――――。

しっかりと朝食をとって、いざオークの集落殲滅へ向かおうという段階になって……。

『おい、獣人の双子を連れて来い』

いきなりフェルがそんなことを言い出した。

「は？　何であの２人を？」

『オークの集落に連れて行く』

「連れて行くって、依頼に連れて行くってことか？」

『そうだ』

「だから何で？」

『うるさいぞ。いいから連れてくるのだ』

「連れてくるのだじゃなくて、何であの２人を連れて行くのか理由を言えっての」

『むぅ、とにかくだ、あの双子を連れて行かないのなら、我は依頼には行かんぞっ』

頑《かたく》なに双子を連れて行くといって聞かないフェル。

「依頼に行かないって、受けるって言ったのにお前……」

『フンッ、行かんからな』

まったくもう。

ギルドマスターにはこの依頼は今日中にやるからって言っちゃったんだから、やらないわけにいかないってのに……。

「しょうがないなぁ。今連れてくるから待ってろ」

仕方がないので、この時間なら家にいるだろう双子を呼びに向かった。

「おーい、ちょっといいか？」

ドアをノックして呼びかけた。

「あ、ムコーダさん。こんな朝早くからどうしたんだい？」

ドアを開けてくれたのはタバサだった。

タバサに家の中へと誘われたが、あまり時間もないということで断った。

「実はなぁ……」

冒険者ギルドでオークの集落殲滅の依頼を受けて今から向かおうとしていたところ、フェルが双子を連れて行くと言い出したことを話した。

「何であたしの弟たちなのかは分からないけど、フェル様にもお考えがあるんだろう。それに、あたしらの主人はムコーダさんだ。理由があろうがなかろうが、ムコーダさんの言うことに否はないよ」

「警備の仕事もあるっていうのに、悪いね」

「いや。ムコーダさんのおかげで、今のところ悪さするようなヤツはいないからね。前は話があった商会の手下と思わしき輩《やから》がこの家の周りをチョロチョロ動いてたけどさ。今はそれもパッタリなくなったしね」

タバサたちには、ラングリッジ伯爵という後ろ盾ができ、件《くだん》の輩のことは何の問題もなくなったということは告げていた。

それでも母屋にいろいろ保管していることは変わりないので、警備の方は当然続行してもらっているわけだ。

「2人を呼ぶんで、ちょっと待っててくださいね」

タバサが「ルーク、アーヴィン、ちょっと来な！」と大声で呼んだ。

「何だよ姉貴〜」

ルークとアーヴィンだけでなくペーターとバルテルも何事かと集まってきた。

「あんたたち2人は今日はムコーダさんに付いていきな」

タバサがそう言うと、2人は「は？　何で？」「俺たち2人だけ？」と不思議そうにしている。

「いやな、何かフェルがお前たち2人を連れて行きたいんだとさ。オークの集落殲滅の依頼受けてるんだけど、一緒に行ってくれるか？」

俺がそう言うと、ルークもアーヴィンも「行く行く！」と乗り気だ。

「ここでの生活は居心地いいけどよぉ、体が鈍《なま》ってしょうがなかったんだよなぁ」

「ああ。これで久しぶりに暴れられるぜ！」

2人が乗り気なのはいいけど、本当に大丈夫かな？

何やらフェルが企んでるようだったんだけど……。

久々に魔物相手に戦えると喜んでいるルークとアーヴィンを羨ましげにペーターが見ていた。

そんなペーターにバルテルがコソッとつぶやいているのが聞こえた。

「おい、ここにいた方が正解だと思うぞ。考えてみろ、Sランクのムコーダさんたちがオークの集落殲滅の依頼程度で助っ人《すけと》を呼ぶと思うか？　絶対何かあるわい」

バルテル、さすが92歳。

伊達《だて》に年取ってないね。

フェルが何か企んでるのは間違いなさそうなんだけど、聞いても言わないからねぇ。

とりあえず2人を連れて東の森にあるオークの集落に向かうしかないわ。

「じゃ、2人を借りていくな」

「はい。2人ともムコーダさんやフェル様たちに迷惑かけんじゃないよ！」

「俺たちだってCランク冒険者だったんだから、そんなことするわけねぇだろ～」

「そうだぜ。姉貴は俺たちを何だと思ってんだかなぁ」

「フンッ、出来の悪い弟たちだから言ってんだよ。ムコーダさん、よろしくお願いします。言うこと聞かないようだったら、ビシバシ厳しくしてかまいませんので」

「い、いやぁ、2人ともCランク冒険者だったんだから大丈夫でしょう」

ルークとアーヴィンの2人を連れてフェルの下へ。

『よし、連れてきたな。では行くぞ』

俺たち一行は街を出るべく、まずは東の門へと向かった。

◇◇◇◇◇

「スイ、ここからは2人を乗せていってもらえるか？」

『はーい』

スイが双子を乗せられるくらいに大きくなる。

双子は「うおっ」「デカくなった」と騒がしい。

「ささ、乗って」

「「こ、これにか？」」

スライムに乗れと言われて、さすがに2人も及び腰だ。

「大丈夫だから。スイの乗り心地は評判いいんだぞ」

俺がそう言うと、恐る恐る2人がスイの上へ乗る。

「おおっ、柔らけぇ」

「プヨプヨだ」

「よし、2人とも乗ったな。じゃ、行こう」

もちろん俺はフェルの背へと乗り込んだ。

フェルとスイが並走して進む。

「うおおっ、速い！」

「ヤッホーッ、行けースライム号！」

出発したと思ったら、アホの双子がやらかした。

スイに乗ったアホ2人が身を乗り出しての大はしゃぎ。

こっちは落ちるんじゃないかってハラハラしたよ。

フェルはフェルで『落ちたら落ちたでその辺にでも捨て置けばよいだろ』とか言い出すし。

それでも何とかギルドマスターに聞いた東の森のオークの集落の付近まで、1時間足らずで到着した。

「ここからは歩きだな」

『うむ。気取られないように気をつけろ。お前たちもだぞ』

フェルがアホの双子を睨《にら》みながらそう言うと……。

「いやだな、分かってますって」

「そうそう、俺らだって元は冒険者なんだから」

元はCランク冒険者だからその辺は分かっているようだ。

俺たちは、オークの集落目指して森の中を進んでいった。

◇　◇　◇　◇　◇

「あそこだな……」

森の中にぽっかりと空いた空間にオークの集落はあった。

もしかしたら、集落を形成するためにオークが切り開いたのかもしれない。

粗末だが小屋のようなものもいくつか建っている。

俺たちは木々の陰に隠れて、そのオークの集落を窺《うかが》っていた。

『うむ。数は150程度か。気配からオークキングはおらんな』

フェルが言うにはオークキングはいないようだ。

それでも150もいるのか。

『オークは数だけは多いなぁ』

ドラちゃんがオークの集落を見ながら念話でそうつぶやいた。

『いっぱいいるね～。ビュッビュッってやってやっつけちゃっていいの～？』

オークの集落を見たスイはヤル気満々。

『まぁ待て、スイ。今回は我等が行くのではない』

『エ～？』

『我等は今回は見物だ。我等は狩りで相応《ふさわ》しい魔物を狩るとしよう』

『オークなんて雑魚は相手にしたくないからいいけどさ、そんじゃあの集落は誰が潰すんだ？』

『フハハハハ、それはな……』

フェルがアホの双子を見た。

それに釣られて、ドラちゃんとスイもアホの双子を見る。

「ん？　何ですか？」

「何か従魔さんたちが俺らのこと見てんだけど」

『オークの集落はお前たちで始末してこい』

そう言われて双子は最初ポカーンとしていた。

そして、たっぷりと間をあけたあとに……。

「「はぁ？」」

「いやいやいや、お前たちでって、俺たち2人だけでなんて無理ですよ」

「そうですよ、あのオークの数見てくださいよ。まったく悪い冗談は止めてくださいよね～」

いや、多分それ冗談じゃないと思うぞ。

フェルの企みはこういうことか。

でも、何でこの2人なんだろ？

『冗談などではない。行け』

「いやいやいや、だから無理ですって。俺たちに死ねっていうんすか？」

「そうっすよ。2人だけで突っ込めなんて死ねって言ってるようなもんでしょ」

フェルの言葉にさすがにアホの双子もムッとしたようだ。

しかし……。

『心配するな。特別に我の魔法をかけてやった。死ぬことはない。それでも行かぬと言うなら……』

フェルが歯をむき出しにして、今にも双子に噛《か》みつかんばかりに大口を開けた。

『我に噛み殺されたいか？　ん？　我に噛み殺されるかオークの集落を始末しにいくか、2つに1つだ』

フェルが双子に選択を迫る。

いつもとは違うフェルの迫力にアホの双子もビビっているようだ。

『お前たちは、どちらにするんだ？』

「……わ、分かりました！　行きますよ！」

「い、行きゃあいいんでしょ！」

アホの双子が自前の剣を構える。

そして、一呼吸置いたあとに腰をかがめながら静かにオークの集落に近付いていった。

十分近付いたところで……。

「クソッ、やったらぁ！」

「おりゃあ！」

2人が飛び出してオークの集落に突っ込んでいった。

「「「「ブッヒィィィィッ！」」」」

雄叫《おたけ》びを上げたオークが２人に集まる。

「セイッ！」

「オラッ！」

集まってきたオークを２人がバッタバッタと斬り伏せていく。

しかし、数が多すぎるためか次第にオークの振り上げた拳や棍棒《こんぼう》が２人に当たり始めた。

「チッ、数が、多すぎんだよっ、オラァッ！　オラァッ！」

ルークがオークからの棍棒の攻撃をかすめながらも、次々とオークを斬り捨てる。

「クソッ、クソッ、死ねッ！」

アーヴィンもオークの拳を受けながらも必死に剣を振るってオークを斬り捨てていた。

「「「「ブギィィィィッ！」」」」

必死に戦うルークとアーヴィンの下にオークの第二波が……。

「お、おい、あの２人大丈夫なのか?」

２人の戦いを窺っているが、どう見ても劣勢にしか見えない。

『死なない程度に結界を張ってやっているから大丈夫だろう』

お前、死なない程度ってね……。

「ああっ！」

ルークがオークの拳をまともに食らった。

それを見てアーヴィンが「この野郎ッ！」とルークに拳を当てたオークに斬りかかった。

その隙に……。

「危ないッ」

アーヴィンの背中を別のオークの棍棒が襲った。

フェルの言うように、結界のおかげなのか即死亡とか昏倒《こんとう》するようなことはないが、衝撃はあるらしくルークとアーヴィンの顔が痛みで歪《ゆが》んでいる。

「ヤ、ヤバイって！　助けないとっ！」

『大丈夫だと言っておろう。これは彼奴《あやつ》らへの罰だ。これで彼奴らも思い知るだろう』

「は？　思い知るって何を？」

『我の食い物を奪うとこうなるとな』

「…………ハァァァァ!?」

『彼奴らは我のステーキ丼を奪ったからな』

お、お前なぁ…………。

確かにそういうこともあった気がするけど、それ執念深すぎやしないか？

「いやいやいやいやいや、いつのこと言ってんだよ。何日も前のことじゃんか。しつこすぎるぞ、お前」

『フンッ。我の食い物を奪うなど、本当なら万死にあたる行為だ。それをこれくらいで済ましてやっているのだぞ。感謝してもらいたいくらいだ』

感謝してって、そんなんできるかいな。

まったく、食い物の恨みは海より深いってのを地で行ってるな。

ってか、ああ～双子がボロボロじゃないか。

「もう、何でもいいから、あいつ等助けてやってくれよ」

『む、死にはしないから大丈夫だ。それに、そんなに心配ならお主が行けばよい。うむ、それがいいな。お主の訓練にもなるだろうし』

「は!? な、何で俺がっ」

『お主の訓練のためだ。それに、お主には神から頂いた完全防御というスキルがあるだろう。何の問題もなかろう』

「いやいやいや、問題なくないからね」

問題大アリだよ。

あそこに突っ込まされる俺の身にもなってくれよ。

絶対防御で体は守られるだろうが、精神的にくるだろぉー。

『いいから行け』

ドンッ――。

「ちょっ！」

フェルの野郎、前足で俺のこと突き飛ばしやがった。

「ブヒッ」

ゲッ、気付かれた。

俺に気付いた1匹のオークが猛然とこちらに向かっていた。

そのオークに数匹が続く。

「クソッ！　フェルッ、覚えてろよー！」

俺はアイテムボックスからミスリルの槍《やり》を取り出した。

チクショーッ、何で俺がこんな目にーっ。

フー、フー、フー、落ちつけ、俺。

オークはダンジョンで何度か相手にしたことがある。

大丈夫、大丈夫、フゥ～。

よし。

「「「ブヒィィィイッ！」」」

「セイッ」

真正面から突っ込んできたオークの心臓を一突き。

ドンッ――。

右側の別のオークに殴られた。

完全防御で守られているため痛くはないが……。

「殴られれば頭にくんだよ！　ヤァッ！」

俺を殴ったオークの心臓も一突きした。

その後もちまちまとオークの心臓を突いて屠《ほふ》っていった。

「フゥ……」

一息入れるが、休む間もなく次のオークの集団がやって来る。

「「「「プギィィィィッ！」」」」

「チッ、こいつ等数だけは多いんだよなっ。っと、ストーンバレット、ストーンバレット、ストーンバレット！」

ヒュンッ、ヒュンッ、ヒュンッと小石が散弾のように飛んでいく。

「「「ブッヒィッ!?」」」

レベルが上がったことで、魔法自体の威力も高くなったのか、小石は銃弾のようにオークを貫通していった。

そして、1匹を残して地にふせた。

取りこぼしたその1匹も……。

「トリャアッ！」

槍で胸を一突きだ。

「フゥ……、こんなとこで足踏みしてる場合じゃない。双子を助けに行かないと！」

俺はオークに囲まれた双子の下へと急いだ。

「おいっ、2人とも踏ん張れ！　大分数は減った！　もう少しだ！」

2人の奮闘もあり、最初に見たときよりもオークの数は半分くらいに減っていた。

「「ムコーダさんっ！」」

「もうひと頑張りだ！」

「「応っ」」

俺を見て少し元気になった双子が力を振り絞ってオークどもを斬り捨てる。

「クソッ、死んでたまるか！」

「おうよッ、生きて帰るぞ！」

2人とも傷だらけだ。

フェルは死なない程度に結界を張ったと言っていたけど、結局のところ致命傷を負わないだけのようだ。

それでも2人は必死になって剣を振るっていった。

それに俺も加勢してオークの数を減らしていった。

……………

…………

……

「セイッ！　セイッ！　セイッ！」

「ブッ、ブヒィ……」

「お、終わった………」

しぶとく最後まで残っていたオークジェネラルをやっと倒した。

どれくらい戦い続けていたのか見当もつかない。

2人は既にぶっ倒れている。

致命傷はないが、満身創痍《まんしんそうい》で息も絶え絶えだ。

俺ももう動く気力もない。

『ようやく終わったか』

フェルとドラちゃんとスイが俺たちの下にやって来た。

「ようやく終わったかじゃないよ。少しくらい手伝ってくれたって良かったのに」

『あんまりにも時間がかかってるから俺とスイは途中で手伝おうとしたんだぜ。なぁ、スイ』

『うん。でもね、フェルおじちゃんがダメだって言うんだもん』

『フンッ、当然だ。我らが手を出しては罰にならんからな』

ぐぬぬ、フェルめ〜。

ドラちゃんとスイが手伝ってくれれば、もっと早くに終わっていたものを。

しかし、今さら言ってもしょうがない。

「はい、これ。もう疲れて動く気力もないから、オークの回収よろしく」

オークの回収だけでも手伝わせようと、マジックバッグをフェルに渡した。

『仕方ないな。ドラとスイも手伝え』

『しょうがねぇなぁ』

『この豚さん集めればいいんだねー』

フェルたちが息絶えたオークどもを回収していった。

「おい、2人とも大丈夫か？」

「な、何とか、生きてるぜ……」

「お、俺もだ……」

「これを飲め」

俺はアイテムボックスから取り出したスイ特製上級ポーションを2人に渡した。

「ポーションか……、助かる……」

「ムコーダさん、ありがと……」

2人がポーションをゆっくりと飲み干した。

少ししてケガの治った2人が起き上がる。

「ふぅ～、何とかなったな」

「ああ。何とか生き延びた」

「助っ人に来てくれたムコーダさんのおかげだな」

「そうだな。あそこでムコーダさんが来てくれなきゃ危なかった」

「「ムコーダさん、ありがとう」」

珍しくアホの双子がしおらしい。

まぁ、あの危機的な状況のことを考えたらそういう態度にもなるか。

「そう言ってくれると、助けに入った甲斐《かい》があるよ」

「それにしても、フェル様はひどいぜ」

「ああ。俺たち2人だけで行けだなんてよ」

「あぁ～、それなぁ。フェルによると罰ということらしいぞ」

「「罰？」」

罰と聞いて不思議がる双子に、何日か前にフェルのステーキ丼に手を出しただろと話した。

「え？　でも、そんとき俺ら謝ったよな」

「ああ。それに、すぐにムコーダさんが別なの作って渡してたよな」

「そうなんだけどなぁ。フェルにとっちゃ自分の食い物を奪うってのがどうしても許せなかったみたいだぞ。フェル曰く『我の食い物を奪うなど、本当なら万死にあたる行為』なんだとさ」

それを聞いた双子は茫然自失《ぼうぜんじしつ》。

「お、俺たちは、食い物のためにあんな目にあったのか……」

「食い物のせいで……」

「気持ちは分かるけどさ、食い物の恨みは恐ろしいって言うからな。もう二度とフェルの食い物を奪うようなことはしないようにしろよ」

俺がそう言うと、２人は何度も頷《うなず》いていた。

フェルの言う思い知るじゃないけど、いくらアホの双子でも、これからはフェルのものに手を出すなんてことはないだろう。

それにしても、疲れた。

思うんだけど、今回、俺って完全にとばっちりだよなぁ。

チクショウ。


〈　教訓　〉

フェルの食い物を奪う者は万死に値する。

よってフェルの食い物には手を出すべからず。

◇◇◇◇◇

フェルたちが回収したオークは、オークジェネラル×4にオークリーダー×12、オーク×136だった。

それを双子と俺で倒したんだから、けっこうというかかなりがんばったよな。

でも、オークに切り傷が多くて、フェルには『肉が台無しではないか』とかボヤかれたけど。

そんなん知るかってんだ。

あの状況で、いちいち肉のこと気にしてられるわけないだろうが。

双子も俺も無我夢中で得物を振り回すので精一杯だっての。

オークの回収も終わって帰ろうとしたところ、双子と俺の惨状が。

3人ともオークの返り血で血塗《ちまみ》れだった。

このまま街に入るのはちょっとな……。

というか、ここまで血塗れだと絶対に門で止められるわ。

いっそのことここで風呂にでも入っていこうかと思ったけど、アイテムボックスに替えの服がある俺はいいとしても、双子は持ち合わせていない。

俺の服を貸そうにも、2人とも筋肉ムキムキだからサイズが合わなくて着られそうにないし……。

あっ、そうだ！

「スイ、分裂体を出して、俺たちの浴びたこの血をキレイにしてもらうってことできるかな？」

『できるよ～。ちょっと待ってね』

スイがブルブル震えだした。

そして、スイから分裂体が生まれる。

1人に3匹の分裂体が飛びついた。

双子はスライムが飛びついてきて驚いていたけど「スイの能力だから大丈夫」と言って落ち着かせた。

分裂体が返り血を吸ってキレイにしていくのを目の当たりにして納得したようだ。

「このままの姿だと街に入れないかもしれないからな」

「ムコーダさんの言うとおり、ここまで血塗れだとなぁ……」

「ああ。少なくとも何があったって詳しく聞かれることになるよな」

スイの分裂体のおかげで血塗れの体もある程度キレイになったところで……。

「帰ろうか」

すでに大分時間も過ぎて、フェルたちが狩りをしている時間なんてなかった。

狩りについては後日また来るということで、フェルとドラちゃんとスイには納得してもらった。

行きと同じく俺はフェルに、双子はスイに分乗して帰路についた。

あの双子が帰りは一言もしゃべらなかった。

よほど疲れているんだろうなぁ。

双子のことも考えて、一旦家へと戻り双子を置いてから冒険者ギルドに向かった。

◇◇◇◇◇

冒険者ギルドに入ると、職員の人がすぐにギルドマスターを呼びに行ってくれた。

「おお、帰ってきたな」

「はい、何とか」

「何かえらい疲れてるみたいだな」

「そこは、聞かないでください……」

普通ならトラウマもんのひどい目にあったんで。

「何かよく分からんが、オークの集落の殲滅は上手《うま》くいったんだろうな？」

「それは大丈夫ですよ。けっこうな数のオークがいるんですけど買取お願いしてもいいですか？」

ギルドマスターと俺は場所を倉庫へと移した。

「おう、ヨハン。買取だ」

「おお、兄さんか。今回は何だ？」

「オークだ。オークの集落殲滅の依頼を出したからな」

「あ～、東の森にできたってやつですね。じゃ、兄さん、出してくれるか」

アイテムボックスからオークを次々と取り出した。

「ん？　いつもと違って傷が多いな」

ヨハンのおっさん、そこは突っ込んじゃダメなところだよ。

オークはネイホフの街で確保した分がまだまだ残っているから、オークジェネラルとオークリーダーの肉だけ戻してもらって、それ以外はすべて買取にしてもらった。

ギルドマスターは需要のあるオーク肉を大量に買取できたもんだからホクホク顔だ。

「じゃ、明後日には用意しておくからな」

「はい。それじゃ明後日また来ます」

俺が疲れていることもあって、俺たちは足早に冒険者ギルドを後にした。

そして家に着くと――――。

『おい、腹が減ったぞ』

『俺もだ』

『スイもお腹《なか》減ったー』

オークの殲滅に時間がかかったのもあって、今日は結局昼抜きだったもんなぁ。

かくいう俺も腹ペコペコだよ。

しかし、疲れて飯作るのが面倒だ。

こういうときは……。

作り置きの飯を準備しておいて良かった～。

何にしようかな～、よし、これに決めた。

焼き鳥丼にしよう。

炊いた飯を丼によそって、千切りキャベツを載せて、その上にたっぷりと甘辛い焼き鳥のタレの絡まったロックバードの焼き鳥を載せて出来上がりだ。

「はい、できたよ」

フェルとドラちゃんとスイに出してやる。

『おっしゃ、美味《うま》そ～』

『わーい』

ドラちゃんとスイはすぐに飛び付いた。

フェルはというと……。

『おい』

「何?」

『なぜ我の分だけ野菜が多いんだ?』

「……いや、普通だけど」

『いや、多いだろう』

「何？　嫌なら食わなくていいんだけど」

『ぐぬぬぬぬ』

フハハハ。

フェルの分だけ千切りキャベツをドラちゃんとスイの2倍にしたった。

訓練と称して、俺までオークの集落に突っ込ませたんだから、これくらいの意趣返しはしてもいいだろう。

さて、俺も焼き鳥丼食おうっと。

うんうん、この甘辛い焼き鳥のタレが絡まった肉がたまらんな。

千切りキャベツがあることでサッパリといける。

そのうちフェルも諦めたのか、渋々という感じで焼き鳥丼を食い始めた。

フェルさんや、それで終わりじゃないよ。

千切りキャベツはたっぷりあるんだ。

おかわり分もキャベツ2倍でいくからね。

普段野菜食ってないし、ちょうどいい機会だからいっぱい食うといいよ。

ククク。

◇　◇　◇　◇　◇

飯も食って風呂も入ってさぁて寝ようかと寝室に向かおうとしたところ……。

『ようやく、ようやく、謹慎が解けたのじゃ～。甘味を、妾《わらわ》に異世界の甘味をぉぉぉ。うわぁぁぁぁん』

『化粧水とクリームっ、化粧水とクリームを今すぐっ、今すぐちょうだい！　お願いだからぁぁぁっ』

『頼むっ、頼むから俺にビールを！』

『…………ケーキとアイス』

『ウ、ウイスキーを、くれ……。ウイスキーを…………』

『酒酒酒。ウイスキー、ウイスキー、ウイスキー、俺にウイスキーをくれぇぇぇ』

突如頭に響いてきた神々の懇願の言葉の数々。

…………何か、カオスだな。

「お、落ち着いてください。ちゃんと話を聞きますから」

そう言うと、神様たちから謝罪の嵐。

『うわぁぁん、ごべんなざいぃぃぃ。これからは困らせるようなことしないから、妾の楽しみを奪わないでぇ～』

『ごめんなさい、本当にごめんなさい。もう、わがままは言わないわ。だから美容製品をください。

異世界の美容製品がない生活なんてもう考えられないの。お願い、お願いよぉぉぉっ』

『すまんっ！　週一はさすがにウザかったよな。本当に反省してるんだ。だからビールを、俺にビールをくださいっ！』

『週一ごとにお願いするのは、ちょっと多かったかもしれない。反省してる。だから、またケーキとアイスください』

『儂《わし》らも、いろいろと注文付けてうるさいこと言ったのは悪かったと思ってる。異世界の酒は美味すぎてのう。特にウイスキーは格別じゃからな。儂らも夢中になってしまったんだ。のう、戦神の。お主には迷惑かけた』

『鍛冶神の言うとおりだ。ウイスキーに夢中になりすぎて、いろいろ注文つけちまったのは本当に悪かったと思ってる。すまんかった』

『『後生だから、ウイスキーを儂らに！　（俺らに！）』』

神様たち、余程謹慎が堪《こた》えたようだな。

必死すぎなのにはちょっとドン引きだけど。

ニンリル様なんて、この声、泣いてるよね。

てか号泣してるっぽいし。

何とか落ち着かせて、神様たちから話を聞くと……。

神様たちは、デミウルゴス様から謹慎以外にも厳しいお言葉を頂戴したらしい。

『創造神様が言ったのじゃ。あんまり無理強いするのなら、お主との接触を一切許さんとな。お主は優しいから、妾たちのわがままも笑って聞いてくれるかもしれないが、儂が許さんからなとおっしゃったのじゃ』

甘味命のニンリル様《駄女神》までしおらしくしてるなんて、デミウルゴス様はけっこう強めに神様たちを叱ってくれたんだな。

『そうなの。そうなれば、異世界の素晴らしい品々が手に入ることは二度とないってことよ。そんなことになったら……、イヤァッ、考えたくもないわ！』

人一倍美容に気を遣ってるキシャール様は異世界の美容製品にハマってたもんな。

それに、こういうのって一度いいものを使うと、それ以下の効果しか見込めないものは使う気になれないんだって。

美容製品命だった姉貴がそう言ってたのを思い出す。

『創造神様、今回は割と本気だったもんな。だから俺たちみんなで話し合って、お前にはちゃんと謝ってお願いしようってことになったんだ。俺だって、ここ最近の一番の楽しみのビールが飲めなくなるなんて絶対に嫌だし』

『……私もケーキとアイスが食べられなくなったら悲しい。もっと食べたい』

アグニ様はビールめっちゃ気に入ってるし、ルカ様もアイス大好きみたいだしね。

『儂だって同じじゃ。ウイスキーが飲めなくなるなんて考えたくもないわい。儂にとってウイスキーは正しく命の水なんじゃからのう』

『俺も同じだ。ウイスキーが味わえなくなるなんて、考えるだけでゾッとするわ。俺にとっちゃウイスキーこそ至高の酒だ。ウイスキーを味わったら、この世界の酒でなんて満足できねぇよ』

ウイスキー至上主義のヘファイストス様とヴァハグン様の酒好きコンビも、今回はさすがに思うところがあったようだ。

「あー、みなさん、加護ももらってるし、節度を守っていただければ、俺もお供えするのを拒否することはないですから大丈夫ですよ」

俺がそう言うと、神様たちの間から歓声が上がった。

ニンリル様なんて、泣きながら『ありがどぉぉぉ』って言ってるよ。

「でもですね、さすがに週一はきついかなって思ってます。できれば月一くらいにしていただけると……」

『もちろんそれで問題ないわ。ねぇ、みんな』

キシャール様がそう言うと、他の神様たちも同意した。

その後少し話し合って、とりあえず月一で金貨4枚分でと決まった。

週一のときだって金貨1枚だったからね、月一に換算して金貨4枚で特に俺の方も問題なしだ。

それで、これだけはという品があれば言ってもらって、あとはこちらにおまかせにしてもらった。

やっぱりいちいち希望を全部聞いていると時間がかかるからね。

とは言っても、大筋の希望は今までと同じだけど。

ニンリル様は当然甘味でどら焼き多めを希望。

キシャール様は美容製品で、シャンプー&トリートメント、ボディソープ、化粧水とクリームは今までのシリーズのもの、ストック分を含めてそれぞれ2セットを希望。

アグニ様はもちろんビールを希望で、種類はおまかせということだった。

ルカ様は最初から言っているとおり、ケーキとアイスだ。

ヘファイストス様とヴァハグン様の酒好きコンビは、ウイスキー一択で、ウイスキーであればあとはまかせるとのこと。

月一なので、これで希望の品は暇な日に用意しておけばいいので楽ではある。

アイテムボックスに入れておけばニンリル様やルカ様への菓子類だって悪くはならないしね。

これで目安はたったものの、金額も金貨4枚というのもあって今回分をすぐには用意できない。

そこで、明日はゆっくりする予定だったから、今回分は明日の夜渡すということで納得してもらった。

とは言っても、ずっと我慢していたのもあって、それを聞いた神様たちの意気消沈した様子が手に取るように分かった。

だって声があからさまにショボーンとした感じなんだもんな。

なんだか可哀想《かわいそう》になっちゃったよ。

この間デミウルゴス様に没収されたものは、どうやらデミウルゴス様とその従者さんたちで山分けされちゃったみたいだし……。

甘いかもしれないけど、デミウルゴス様に没収された特別ボーナス分の品をあげることにした。ネットスーパーの購入履歴からすぐ買えるからね。

「あの、みなさん、今回限りですけど、没収されてしまった特別ボーナス分の品です。どうぞ」

そういっていつもの段ボール祭壇に置いたところ……。

『お主はいいやづなのじゃー。うわぁぁぁん』

『あなた本当にいい人ね。ありがとう』

『いい奴だなぁ。ありがたくもらうぜ』

『……ありがと』

『本当にありがたいのう。お主、何か困ったことがあったらすぐに相談するんじゃぞ。儂にできることなら協力するぞい』

『ああ。俺もだ。何か困ったことがあったら何でも言ってくるといい。特に武に関することだったら、俺の右に出るものはいない。何かあったら力でねじ伏せてやるぜ』

そんな感じで、みなさんえらく感激しておられた。

若干1名危ないことを言っている方がいたけども。

「それではまた明日の夜にお呼びいたしますので」

俺がそう言うと、神様通信がプツリと切れた。

「ふぅ、とりあえずはこれでよしと。それにしても、デミウルゴス様の据えたお灸《きゅう》が大分堪えたみたいだね。まぁ、月一になったのは良かったけど」

よし、もう寝よう。

みんなが寝静まった主寝室に入りベッドに横になったところでふと思い出した。

「今日はあんだけ戦ったんだし、一応ステータスだけ確認しておくか」

ベッドに横になりながら、小声でステータスと唱える。

【名　前】ムコーダ（ツヨシ・ムコウダ）
【年　齢】27
【種　族】一応人
【職　業】巻き込まれた異世界人　冒険者　料理人
【レベル】77
【体　力】464
【魔　力】457
【攻撃力】446

【防御力】438
【俊敏性】364
【スキル】鑑定　アイテムボックス　火魔法　土魔法　完全防御　獲得経験値倍化
　従魔（契約魔獣）フェンリル　ヒュージスライム　ピクシードラゴン
【固有スキル】ネットスーパー
　《テナント》不三家　リカーショップタナカ
【加　護】風の女神ニンリルの加護（小）　火の女神アグニの加護（小）
　土の女神キシャールの加護（小）　創造神デミウルゴスの加護（小）

お～、レベルがけっこう上がってる。

ダンジョン入ったりで、何だかんだ俺のレベルも上がってきてはいたから、少しずつ上がりも悪くなってくるんじゃって思ってたんだけど。

オークといえども、数倒したから思っていたよりもレベルアップしてるな。

獲得経験値倍化もあるおかげなんだろうけど。

それにしてもレベル77か。

3つめのテナントが入るレベル80までもう少しってところまで来ちゃったな。

意図してたわけじゃないんだけど。
うーむ、次はどんなテナントが選べるのか……。
それには興味あるな。
ま、それはそのときになってみないとね。
「ふぁ～、もう、寝よ」
眠気に負けた俺はそのまま目をつむった。

朝飯を食ったあと、ドラちゃんとスイは庭で駆け回っているし、フェルはリビングのフカフカ絨《じゅう》毯《たん》の上でぐでんと横になっている。

今日は出かけないぞと言うと、残念そうではあったけど、昨日のこともあってみんなしょうがないって感じだった。

さすがに俺も昨日の今日で、狩りに連れていくとかは勘弁願いたい。

というわけで、今日は一日中家にいるつもりだ。

そして、ゆっくりコーヒーでも飲みながら、昨日神様たちと約束した供え物の選定をしようと思う。

インスタントじゃなく、ドリップバッグのコーヒーを淹《い》れる。

コーヒーの独特な香りが部屋の中に漂う。

「うーん、いい香りだ……」

ドリップバッグで淹れたコーヒーを楽しみながらネットスーパーを開いた。

「まずは、ニンリル様の分だな。だとすると当然不三家だな」

どら焼き多めって言ってたんだよな。

毎日1個としても30個か。

待てよ、ニンリル様が1日1個で済むはずがないな。

それならば……、よし、これでどうだ。

ニンリル様の大好物のどら焼きを、金貨1枚分買ったった。

こしあん50個、粒あん50個の合計100個。

「これなら十分だろう。ハハッ。あとは……」

チーズケーキフェアをやっていたから、なめらかチーズケーキ、レモンのレアチーズケーキ、カマンベールチーズケーキ、チーズモンブラン等々チーズケーキ各種を一通り購入した。

あとはカットケーキ各種にギフト用菓子も各種購入。

かなりの量になっていたから一度精算すると、段ボール箱が3つも届いたぞ。

「よし、ニンリル様の分はこんなもんかな。次はキシャール様の分だな」

まずは化粧水とクリームだな。

最近ずっと献上しているちょいお高めのものだ。

これがなかったら、キシャール様はマジで怒りそうだし。

2セットで予算の半分近くになったぜ。

次はシャンプー&トリートメントとボディソープを物色していく。

スーパーとは言え、この手の日用品はいろんな種類があって目移りするな。

よし、これにしよう。

パサついた髪に潤いが浸透してしっとりとまとまりのある艶やかな髪に仕上げるって書いてある。

詰め替えもあるからちょうどいい。

ボディソープは、新商品のものにしてみた。

保湿成分が洗い流されずに、潤いのある柔らかな肌に仕上げてくれるそうだ。

これも詰め替えがあるから、それも購入。

とりあえずこれでキシャール様の希望のものは購入できたけど、まだ予算が残っていたから、化粧水とクリームと同じシリーズの洗顔フォームとマッサージクリームとシートパック、他にもヘアパックやら入浴剤やらを購入して予算を使い切った。

「次はアグニ様だから、ビールだな」

アグニ様の分はビールを箱買いだ。

まずはアグニ様もお気に入りのS社のプレミアムなビールとYビスビールだな。

それからド定番だけど、アグニ様が好みの味だと言っていたS社の黒いラベルのビール。

「あとは……、お、これなんてよさそう」

ちょっと高めのYビスビールだけど、その中でも最高峰を目指して作りあげたというビールだ。

俺もこれはまだ飲んだことがないな。

次の機会に飲んでみよう。

「こっちも見てみるか」

リカーショップタナカを開いてみる。

「お、地ビール飲み比べセットだって。これにしよ」

今は地ビールもいろいろ出てるようだし、有名メーカーより地ビールの方が美味《うま》いなんて人もいるみたいだからこれにしてみた。

ついでに世界のビール飲み比べセットなんていうものもあったのでそれもついでにポチっとく。

残りは6本パックのビール各種を購入した。

「お次はルカ様。ケーキとアイスって話だから、ルカ様も不三家だな」

ルカ様はアイスがお気に入りのようなので、バニラとチョコのアイスケーキにカップアイス各種を多めに購入。

あとはニンリル様と同じくチーズケーキフェアのケーキを一通りとカットケーキ各種にギフト用菓子各種。

うっぷ……。

ルカ様のもかなりの量だな。

ニンリル様もそうだけど、本当にこんな量の菓子食いきれるのかな？

まぁ、神様だから冷蔵保存も時間経過なしの保存も問題ないって聞いてるし、たとえ食いきれないとしても保存しておけばいいんだから特に問題ないか。

「次はヘファイストス様とヴァハグン様の酒好きコンビだな」

お二人が好きな国産の世界一にもなったウイスキーは欠かせないよな。

あとはランキング頼みだ。

今回はあえてデイリーランキングの1位から5位までを購入してみた。

まずは1位のスコッチウイスキー。

有名小説家の小説の中にも出てくるスコッチウイスキーで、飲みやすさに定評があるとのこと。

2位は、スコットランドのスカイ島にある唯一の蒸留所が作り出す蒸留酒で、ピート香が強くかなり癖があるようだ。

でも、クチコミでは飲んでいるうちにそれが癖になると高評価だった。

3位は、重厚な香りと味わいでバーボン通の人々にも好まれているというバーボンウイスキーだ。

アルコール度数が少し高いけどオンザロックで飲むと美味いとクチコミで絶賛されていた。

4位は、日本のウイスキーの父の名前を冠したウイスキーだ。

クチコミを見てみると、日本のウイスキーの父がドラマになったこともあって、その流れで飲んでみたら美味かったということでリピ買いしているようだ。

最後の5位は、英国王への献上酒として生まれたカナディアンウイスキーで王冠をモチーフにしたボトルが特徴的なウイスキーだ。

味がいいのはもちろんのこと、見た目がいいのといつもよりほんのちょっとだけ贅沢《ぜいたく》な気分になれると人気みたい。

あとは週間ランキングと月間ランキングからお手ごろな値段のものを多く選んでみた。

酒好きコンビが飲むんだから、なるべく本数そろえた方がいいかなと思ってね。

おかげでけっこうな量のウイスキーになったよ。

「とりあえずはこれで……、いや、どうせならデミウルゴス様の分も頼んでおくか」

ということで、いつものデミウルゴス様の分も。

今回もセットにしようと思って見ていると……。

「へぇ、こんなのもあるんだな。よし、これにしよう」

それは、前にデミウルゴス様に献上した創業時の屋号を冠した銘柄の新潟県を代表する酒の３本セットだ。

純米大吟醸、吟醸酒、特別本醸造をセットにしたもので、同じ銘柄の酒を飲み比べようというわけだ。

こういうのも面白いかもしれないと思い、これにしてみた。

そして、一緒に頼むのは当然デミウルゴス様もお気に入りだというプレミアムな缶つまだ。

「これでよしと。それにしても……」

それぞれの神様ごとに注文品がたくさんあったということもあって、リビングのそこかしこに段ボールがある。

「これ、中身は間違ってないだろうから段ボールは開けないで、そのまま渡した方がいいかもな。神様たちもその方がワクワク感があるだろうし」

それなら誰の分か分かるようにしとかないとと、ネットスーパーで油性マジックを購入した。

油性マジックで段ボールに名前を書いていった。

「これでよしと」

あとはアイテムボックスにしまえばＯＫだ。

『おい、腹が減ったぞ』

背後からフェルの声がかかる。

「あれ？　もうそんな時間なんだ」

いろいろ注文するだけで午前中を費やしてしまったようだ。

見ていると「ああ、こんなのもあるんだ」って、ついついじっくり見ちゃうんだよね。

時間がかかると思ったから、神様たちには明日にって言っておいて正解だったわ。

さてと、フェルの腹の虫が鳴く前に飯にしますかね。

もちろん、朝と同じく作り置きだけど。

◇　◇　◇　◇　◇

作り置きしておいた、ブルーブルの肉で作った牛丼温玉載せで昼飯を済ませたあとは、みんなでまったり過ごす。

フェルは再びリビングで横になっているし、ドラちゃんとスイはフェルによりかかって昼寝している。

俺は、ドリップバッグで淹れたコーヒーを飲みながら、今度は自分のものをネットスーパーで物色していた。

「多めに10足くらい買っとくか」

靴下が大分くたびれてきたから買い足した。

それから、ここのところ毎日風呂に入っているため入浴剤が大分減っていたことを思い出した。

いつも使っているゆずの香りの炭酸ガス配合の入浴剤をカートに入れた。

「たまには違う香りのも買ってみるか」

最近はゆずの香りばかりだったから、4種類のハーブの香りの入浴剤も買ってみた。

今夜早速使ってみよう。

そんなことを考えながらネットスーパーでの物色を続けていると……。

「ムコーダさん、頼まれていた詰め替えが終わりました」

「おお、早いな」

俺は、家の中のことを頼んでいる女性陣にあることを頼んでいた。

ネットスーパーで買ったシャンプーと【神薬　毛髪パワー】の詰め替え作業だ。

「ムコーダさんからいただいた〝すぽいと〟ってやつがありましたから、難なくできましたよ。それにセリヤの手際も良かったからそんなに時間もかかりませんでした」

テレーザがそう言うと、セリヤちゃんが恥ずかしそうに下を向いた。

セリヤちゃんは恥ずかしがり屋であんまり主張しない子だけどやるときはやるな。

それに細かい仕事が得意みたいで、幼いながら掃除なんかも細かいところまでキレイにやってくれるんだよね。

テレーザの言う〝すぽいと〟はもちろんネットスーパーで仕入れたものだ。

スイ特製エリクサーを1滴ずつ入れるためにスポイトがあったら便利だなって思って、もしかしたらと思ってネットスーパーで探してみたらあったんだ。

すぐに購入して、詰め替え作業を頼むときに一緒に渡してあったんだ。

「これ、大分まだ残ってますんで返しておきますね」

そう言ってテレーザから渡されたのはスイ特製エリクサーの入った瓶だ。

テレーザの言うとおり、中身が大分残っていた。

とりあえず伯爵様へ献上する分も含めて200本お願いしたんだけど、この分だと瓶1本でもけっこうな本数の【神薬　毛髪パワー】ができるな。

「またそのうち頼むかもしれないから、そんときはよろしく。セリヤちゃんもそのときはよろしくね」

俺がそう言うと、アイヤとテレーザが「はい」と言い、セリヤちゃんはハニカミながら「はい」と頷《うなず》いた。

ロッテちゃんも「ロッテもがんばるよ！」だそうだ。

「ムコーダさん、他に仕事ありますか？」

アイヤの言葉に少し考える。

家の掃除も申し分ないし、詰め替えもやってもらったし、今日の夕飯も作り置きを出すつもりだし……、今のところ特にないなぁ。

「今日は特にないな。少し早いけど、終わりにしていいよ」

そう言うと、女性陣は「それじゃ買い物に行きましょうか」などと話していた。

「何か買いに行くのか？」

「野菜が少なくなってきたので、買いに行こうかと思いまして」

「あれ？　マジックバッグ渡したよね？　たくさん買ってあれに入れてくればいいのに」

俺がそう言うと、アイヤとテレーザが困ったように笑った。

「安全になって護衛がいらなくなったのに、マジックバッグを持っていたらならず者に狙われますよ」

「……あ～、そっか。マジックバッグって、それなりの価値があるんだったたっけ」

自分がアイテムボックス持ちだから、マジックバッグって言うと、フェルたちの狩りの獲物を入れるくらいのもんだったけど、世間じゃそれなりの値段で取引されるもんだったわ。

あれ、そうすると、野菜なんかは頻繁に買いに行ってたのかな？

聞いてみたら、どうやらそうらしい。

最初の仕入れでたくさん仕入れた小麦粉やら日持ちする野菜やらはまだ大丈夫だけど、ほどほどの量にとどめた日持ちしなそうなトマトに似た野菜やらブロッコリーに似た野菜やらキノコ類なんかについては、3日に一遍くらい買いに行っているそうだ。

元農家のテレーザ曰《いわ》く「街で買うとしなびているし少し高くなってしまいますが、これぱっかりはしょうがないですね」とのこと。

テレーザのところでは、自分たちが食う野菜は育てていたそうだし、とれたて野菜に比べたら街の市場で売っているものは収穫してから多少時間も経《た》っているだろうからね。

「それじゃ、買い物もあるんで失礼します」

「失礼します」

アイヤとテレーザがそう言うと、セリヤちゃんがそれに習って「しつれいします」と言う。

ロッテちゃんは元気に「ムコーダのお兄ちゃんバイバイ」って小さな手を振って帰っていった。

俺もそれに手を振り返して見送った。

それにしても、野菜か。

野菜なら、確かに穫《と》れたてのものの方が美味いよな。

特に日持ちしないようなものならなおさらだ。

いっそのこと畑でも作るか？

こんだけ広い土地なんだし。

◇　◇　◇　◇　◇

「アルバン、こんな感じで耕していけばいいかな？」

「土も柔らかくなってますので十分です。やはり魔法はすごいですね。こんな使い方があったとは」

俺は母屋の裏手にある使用人用の家が3棟並んだその隣の土地を土魔法で耕していた。

畑を作るというのは上手《うま》く育てば食料になるという実利があるし、面白そうなのでさっそく実行してみることにしたのだ。

そうは言っても、半分は道楽だけどね。

アドバイザーはもちろん元農家のアルバン。

アルバンに畑のことを話したらノリノリでＯＫしてくれたよ。

やっぱり代々農家だったこともあって土いじりが大好きみたいだ。

最初は、母屋の前の庭に作ろうかと考えたんだけど、フェルとドラちゃんとスイに大反対された。

みんなの遊び場ではあるけど、広いんだしちょっとならいいかなと思ったんだけどダメらしい。

そして目を付けたのがここだ。

使用人の家の隣というのは考えてみればベストな場所だ。

畑は元農家のアルバン一家に託すつもりだし、みんなの食料になるんだから使用人の家から近い方がいいだろうし。

ただ場所的にテニスコートくらいの大きさの畑にしかならなそうだから、元農家のアルバンからしてみたらずいぶんと小さな畑かもしれないけどね。

ま、その辺は家庭菜園程度のものだからしょうがない。

そんなわけで、畑作りを開始したわけだけど、まずは土おこしからとなる。

クワでやると時間もかかるということで、魔法でできないかと思って試してみることにした。

魔法はイメージということで、土がほぐれて柔らかくなるイメージでやってみたら何とかできた。

一気にとはいかなかったけどね。

魔力を込めて1回3メートル四方ってところかな。

途中休憩を入れて、魔力を込めて地面に手をついてイメージを頭に浮かべながら土魔法を放っこと20数回。

「ふぅ～、こんなもんかな。おーい、畝作りは任せた」

声をかけると、スタンバイしていたアルバンにオリバー君にエーリク君、そしてトニとコスティ君がクワを持って耕した畑に入ってきた。

みんなには俺が魔法で耕している間にクワを買いに行ってもらっていた。

元農家のアルバンはもちろんのこと、家の手伝いをしていたオリバー君とエーリク君もなかなかの手際だ。

トニとコスティ君もアルバンに習いながら畝を作っていく。

「うわぁ～、畑だっ、畑があるよ！」

買い物から帰ってきたロッテちゃんが俺の横でピョンピョン飛び跳ねている。

「ムコーダさん、これは……」

「まぁ……」

「畑だ……」

いきなりできていた畑にテレーザもアイヤもセリヤちゃんも驚いている。

「いやぁ、元農家もいることだし、畑があれば穫れたて野菜が食えるかなぁってね」

みんなの食料にもなるんだから無駄なことじゃあないよ。

「ねぇねぇ、ムコーダのお兄ちゃん、畑で何を作るの？」

ロッテちゃんが無邪気にそう聞いてくるが、そういや漠然と野菜とだけ考えてただけで何を作るかまでは考えてなかったな。

「ロッテちゃんちでは何を作ってたの？」

「んとねー、畑ではジャガイモをいっぱい作ってたよ」

ジャガイモか。

こっちでもポピュラーな野菜だもんな。

「じゃあジャガイモも作ろうか」

「うんっ」

「その他はねぇ……」

どうせなら、異世界の野菜とか果物を作ってみるってのもありかも。

そんなことを考えていると、アルバンの声が。

「ムコーダさん、終わりましたよ」

「お、ご苦労さん」

アルバンたちが畝を作り終わったようだ。

「よし、一区切りついたし休憩入れよう」

何かおやつでもとネットスーパーを見ると、トップの今日のお買い得の中にメロンが……。

メロンか。

これ種あるし、ちょうどいいかも。

異世界パワーでちゃんと育つかもしれないし。

もし芽が出なかったとしても、あとでアルバンに別な野菜植えてもらえばいいし、試すだけ試してみるのもありだよな。

それならということで、俺の好きなスイカも買ってみた。

ネットスーパーは季節関係なく割と何でも売っているから、スイカ丸々1個も当然のように売っていた。

俺の予想では、このネットスーパーは日本に繫《つな》がっているというわけじゃなく、魔法的な何かでネットスーパーの仕組みが再現されているんじゃないかって思ってる。

おそらくだけど、俺が利用していた期間に売っていたものが再現されているんじゃないかな。

だって旬の何々とかある割に、全然旬じゃないものも普通に一緒に売ってたりもしてるからな。

まぁその辺は想像でしかないから分からないけど、俺としては季節関係なくいろんなものが売っているからありがたいけどね。

だって、それは食いたいと思ったらいつだって買えるってことだしさ。

そんなことはさておき、メロンとスイカを購入して、みんなでおやつだ。

昼寝をしていたフェルとドラちゃんとスイも、いつの間にか来ていた。

「フェルたちも来てたのか。果物食うか？」

『もちろんだ』

『食う食う』

『食べる～』

アイヤとテレーザに手伝ってもらい、メロンとスイカを切り分けていく。

その間に警備のみんなを呼んできてもらうように子どもたちに頼んだ。

フェルたちの分は皮を外して切り分けて皿に盛ってやった。

「こっちがメロンで、こっちがスイカな。メロンの方が甘くて、スイカは甘くて瑞々《みずみず》しいぞ」

フェルたちがガッフガッフと食い始める。

「あ、みんなも食べなよ。あ、このスイカの黒いのは種だから、とっておいてね。畑に蒔《ま》いてみるから。アルバン、この種も含めて畑の半分で異世界の野菜とか果物を育ててみようと思うんだけど、いいかな？」

「もちろんですよ。私も興味があります」

メロンの種は既に取り分けてある。

アルバンの許可ももらったし、これを食い終わったらちょっとネットスーパー覗《のぞ》いてみよう。

ネットスーパーに園芸用品ってメニューがあるから、多分野菜の種なんかも売ってると思うんだよね。

「甘～い」

ロッテちゃんがメロンを口にして嬉《うれ》しそうにそう言った。

「こっちの赤いのは甘いうえにすごく瑞々しいですね。こんな果物初めてです」

スイカを食ったアルバンが目を丸くしている。

うんうん、そうだろう。

メロンもスイカも厳密には野菜ってことみたいだけどな。

他のみんなも口々に甘いと言っている。

というか……。

「タバサ、何で2人は泣いてんだ？」

アホの双子が「この甘さが腹に沁《し》みるなぁ」とか言って泣きながらメロンとスイカを食っていた。

「いや～、何か分からないんですけど、多分今日は肉食ってないからだと思いますよ」

詳しい話を聞くと、肉好きの双子が今日は朝も昼もパンと玉子しか食ってないとのことだった。

何でも今日のメニューはアイヤさんが作ったオークの肉と野菜たっぷりのスープだったらしいんだが、アホの双子はオークの肉と聞いただけで顔色を悪くして食わなかったそうだ。

「アイヤさんの作ったスープ、すごく美味《おい》しかったんですけどねぇ」

オークの肉か、何となく分かった。

昨日、オークどもとあれだけの死闘を繰り広げたあとで、オークを思い出すようなもんは食いたくないってことだろう。

俺も昨日の夕飯はちょっと迷ったもんな。

結局ロックバードの焼き鳥丼にしたけどさ。

まぁ、今朝は普通にオークの肉を使ったそぼろ丼食っちゃったけどさ。

双子はけっこうやられて満身創痍《まんしんそうい》だったからなぁ。

昨日のことを思い出したくないというのは分からないでもない。

でも、もう少し図太い性格かと思ったら案外繊細だったのな。

笑っちゃいけないと思いつつもちょっと笑っちゃったぜ。

休憩が終わったら、ネットスーパーで種を購入。

思ったとおり、いろんな種が売っていた。

とりあえず目についた、レタス、キュウリ、トマト、ナス、トウモロコシ、カボチャの種を購入。

アルバンたちに野菜の写真入りの種の入ったパッケージを見せたところ、レタスとトマト以外は見たことがないとのことだった。

キュウリ、トマト、ナス、カボチャは本当は苗にしてから植えた方がいいみたいだけど、お試しということで、今回は種のまま蒔いてみた。

聞くところによると、この街は年中温暖な気候とのことだから今から蒔いても大丈夫だろう。

メロンとスイカを含めてそれぞれ1畝ずつ種を蒔いてみたんだけど、みんなで蒔いたらからすぐに終わった。

種を蒔き終わったら肥料だ。

種を選んだときに液体肥料もあったので買っておいた。

アルバンやトニに渡してあったジョウロに水をたっぷり入れたところに液体肥料の原液を混ぜる。

それをみんなでかわるがわる畑にシャーッと掛けていった。

「あの甘～いのできるといいね～」

メロンが大層気に入ったのかロッテちゃんがニコニコ顔でそう言った。

「そうだね。みんなちゃんと育ってくれるといいね」

異世界パワーでちゃんと育ってくれればいいんだけどな。

◇◇◇◇◇

「うぁ～、風呂サイコー」

『風呂は何度入っても気持ちいいな～』

『きもちー』

今夜もドラちゃんとスイと一緒に風呂に入っている。

畑作りで疲れた体にじんわり沁みるねぇ。

昼間、試しに買ったハーブの香り（カモミール）の入浴剤を入れてみた。

少し甘めの香りだけど、これはこれで悪くないな。

何にしても、日本人としては毎日風呂に入れるってのはいいもんだとしみじみ思う。

俺としちゃもうここに定住してもいいかもなんて思うけど、フェルたちがいるから無理だよなぁ。

みんな新しいダンジョンの話も聞いちゃってるし、行かないわけがない。

ダンジョンと騒ぎ出す日も近いだろう。

はぁ～、ダンジョンなんて行きたくねぇな～。

なんてことをつらつらと考えながらゆっくりと風呂に浸《つ》かる。

「フゥ～」

『ヴァ～』

この声はドラちゃんか。

おっさんぽい声だな。

薄目を開けて見ると、実に気持ち良さそうにプカプカ浮かぶドラちゃん。

目をつむってプカプカ浮かびながら腹をボリボリ掻《か》いている姿は正におっさんだった。

そんな姿を見てクスリと笑い再び目をつむる。

気持ち良すぎて瞼《まぶた》が落ちそうになる寸前に、何とか風呂から上がる。

なかなか、風呂から出ないスイに声をかけた。

「スイ、もう上がるぞ」

返事がないままスイがプカプカ浮いている。

『おい、スイ寝てねぇか？』

「ええ？」

『Ｚｚｚ……』

「寝てるわ」

『そうだろう。ったくしょうがねぇ奴《やつ》だなぁ』

ドラちゃんをタオルで拭いてやって、寝たままのスイも拭いてやる。

『俺も眠いからスイ連れて行って先に寝てるわ』

「おい、大丈夫なのか？」

『バッカ、俺だってなスイくらいは抱えられるんだよ』

そう言って、ドラちゃんにしたらちょっと大きいスイを抱き上げる。

「おお、大丈夫みたいだな。それじゃお願いな」

『へいへい』

スイを抱えたドラちゃんが2階へと飛んでいった。

俺はパジャマ代わりに着ているスウェットに着替えると、リビングに向かった。

このまま寝たい気分だけど、約束だからねぇ。

リビングのイスに座り、例のみなさんに呼びかけた。

「みなさん、いらっしゃいますか～」

『いるのじゃっ！　待ちわびていたのじゃ！』

『いるわよ！』

『おうっ、待ってたぜ！』

『待ってた』

『おおーっ、つ、ついにっ！』

『やっとだぜ！』

みなさん今か今かとスタンバっていたようだ。

でも、まさかずっと待ってたわけじゃないよな？

『待ってたぞ！　ずーっと待っていたのじゃ！　妾《わらわ》たちへの供え物を選んでいたときから見ていたからな！　楽しみで仕方なかったのじゃ〜』

おおう、そ、そこから？

ニンリル様、それって1日中見てたってことじゃないの？

『ごめんなさい。でも、私たちもすっごく楽しみにしてたのよー』

『そうそう。楽しみで楽しみでしょうがなかったんだよ。大目に見てくれよ』

『アイスとケーキ、楽しみにしてたの』

『お主が選んだウイスキーを早く飲んでみたくてうずうずしとったんじゃ』

『ああ。かなりいろんな種類選んでくれてたみたいだからな。飲むのが楽しみでしょうがないぜ』

まぁ、そう言われると気持ちも分からなくはないか。

昨日渡したのは、没収された特別ボーナス分だけだもんな。

そんなに楽しみにしてくれていたなら、早く渡しちゃいますか。

「ひと月分なんで量が多いんで段ボールに入ったままお渡しすることになりますね。手元に行ってから、じっくりと中を確認してみてください。それじゃ、まずはニンリル様から」

アイテムボックスからニンリル様と書かれた段ボール箱を出していく。

「見ていたのならお分かりのように、どら焼きを中心にして甘味をそろえてみましたのでどうぞお受け取りください」

『ありがとうなのじゃーっ。うわぁぁん、ひ、久しぶりのどら焼きなのじゃーっ』

ニンリル様のその言葉とともに段ボールが消えていった。

その直後に、ビリビリッと段ボールを開ける音がした。

そして……。

『どら焼きぃーっ。美味しいのじゃぁぁぁ』

…………うん、聞かなかったことで。

「えーと、次はキシャール様です。どうぞお受け取りください」

キシャール様への供え物が入った段ボールをアイテムボックスから取り出して置いた。

『あ、ありがとう！　化粧水とクリームが底をついたところだったのよ。助かったわ。良かった、本当に良かった……』

心底安心したような声でそう言ったキシャール様。

そしてキシャール様の段ボール箱が消えていった。

ニンリル様のときと同じようにすぐさま段ボール箱を開ける音がした。

『化粧水とクリーム！　やっと、やっと私の求めていたものが手に入ったわ！』

キシャール様、あんたどれだけ化粧水とクリームに依存してるんですか。

「つ、次はアグニ様ですね」

アイテムボックスからアグニ様の分を出して置いたと同時に段ボールが消えた。

『ありがとなー！　く～、俺の好み分かってんじゃん！　昨日もらったビール、とてつもなく美味くてなぁ、もう飲んじまったんだよ。これでまたしばらくの間冷えたビールが楽しめるぜ！』

エェ～、も、もう飲んじゃったんですか？

あれだって結構入ってたと思うんだけど……。

あれを1日で飲み切るアグニ様、これで足りるのかとちょっと不安になるが、これで1か月なんとかやってもらうしかない。

『次は私。アイスください』

おおう、ルカ様が待ちきれなかったのか？

「ええと、ルカ様の分はこれです」

またもや段ボールをアイテムボックスから出したらすぐに消えたよ。

『ありがと。アイス、アイス』

フフッ、よっぽどアイスが食いたかったんだろうな。

「はいはい、分かってますって。これがヘファイストス様とヴァハグン様の分です。よっと」

女神様たちよりも大分重い段ボールを並べていく。

『『次は儂《わし》(俺)らだ！』』

『おおおーっ、待ちに待ったウイスキーじゃ！』

『昨日のウイスキーももちろん美味かったが、やっぱりいろんなウイスキーを味わいたいもんな！』

ヘファイストス様とヴァハグン様の興奮しきった声が聞こえてくると同時に段ボールが消えていった。

ベリベリッと段ボールを開ける音が。

『おおっ、お主、やっぱり分かってるのう』

『ああ。俺たちがいろんなウイスキーを飲みたいのを分かってやがるぜ。さすがだな！』

『おい、戦神のっ、これもこれも初めてのウイスキーじゃぞ！』

『おっ、本当だな！　よしっ、これから飲むぞ！』

『当然じゃわい！』

『あ、お前、困ったことがあったら必ず言うんだぞ。絶対助けてやるから』

『うむ。儂もじゃ。助けるぞ』

「は、はい。い、今のところは大丈夫ですから……」

……ヘファイストス様とヴァハグン様もテンション高いよ。

というか、神様たちみんなそうだったけど。

みんな、飢えてたんだねぇ。

「ま、何とかお勤めは終わったし、さっさと寝よっと」

◇◇◇◇

朝食を食って人心地ついていると、慌てた様子で俺を呼ぶ声が聞こえてきた。

「ム、ムコーダさんっ！　大変なことがっ！」

「ん、アルバンじゃないか。おはよう。そんな慌ててどうしたんだ？」

「は、畑がっ、畑がっ」

畑？

アルバンも焦った感じで畑がとしか言わないから、埒《らち》が明かない。

「畑に何かあったってことか？」

そう聞くとアルバンが何度も頷く。

「んじゃ、とりあえず見に行ってみるか」

フェルたちにちょっと見に行ってくると言って外に出た。

アルバンを連れて昨日作ったばかりの畑を見に行ってみると、俺を呼びに来たアルバン以外のみんなが畑の前で立ち尽くしていた。

「みんなおそろいでどうしたんだ？」

不思議に思いながらも、俺も畑を覗き込んだ。

そうしたら……。

「な、なんじゃこりゃっ！」

あまりのことに我が目を疑った。

なんと、昨日種を蒔いたばかりなのに、どれも青々とした葉っぱを茂らせて既に小さな蕾《つぼみ》をつけているではないか。

「ア、アルバン、ここら辺の土地は作物がすっごく早く育つとかあるのか？」

「い、いえ、そんな話は聞いたことがないです……」

だとすると、これはやっぱり異世界パワーということなのだろうか？

しかし……、これは効きすぎだろう。

一晩でこれだけ成長するとは思いもよらなかったよ。

異世界パワーで期待していたのは、蒔いた種が普通より早く発芽したとか、普通なら育たないはずのスーパーで買ったメロンとスイカの種から発芽したとかだったんだけど。

いくら異世界パワーでも、これはちょっと予想外だぞ。

異世界の種ってそんなに異世界パワーを秘めていたのかな？

……いや、待てよ。

原因は種じゃなくて、もしかしてアレか？

昨日畑に撒《ま》いた液体肥料。

もしやと思い、アイテムボックスから栄養剤の入ったボトルを取り出した。

そして、そのボトルをよく見てみると……。

「げっ……」

「どうしたんですか？」

隣にいたアルバンが、液体肥料のボトルを見ながら固まっていた俺に声をかけてきた。

「昨日撒いた液体肥料、濃すぎた……」

10リットルでキャップ1杯のところを1リットルでキャップ1杯だと思い込んでた。

アチャー……。

10倍の濃さだよ。

4リットルのジョウロを使ったから、キャップ4杯入れちゃった。

しかも、多めに撒いちゃったし……。

アルバンに聞いたら、こっちの農業は割と土頼みというか、耕して植えたらあとは少し間引いたり雑草を抜いたりするくらいの手入れしかしないそうなんだ。

だから、土に栄養をって言ってもピンとこないらしくてさ、それで素人考えで栄養たっぷりやった方がいいかななんて思っちゃって。

「ムコーダのお兄ちゃん！　蕾が大きくなってきたよ！」

どうしようかと考えていると、ロッテちゃんが俺の手を引っ張りながらそう言った。

まさかと思って見ると、確かにさっきよりも蕾が膨らんでいた。

「うぉっ、ど、ど、どうしようっ。た、確か、ウリ科のメロンとスイカとカボチャは受粉しなきゃならないんだよな!?」

アルバンにそう聞いたって、分かるわけがない。

何たって異世界の野菜なんだから。

「落ち着け、俺、確か種の入っていた袋に受粉の方法が……」

アイテムボックスから昨日蒔いた種の袋を取り出した。

「あ、あれ？　ウリ科ってキュウリもそうなのか？」

キュウリの種の入っていた袋に書いてある説明書きを確認すると、キュウリは受粉しなくても大丈夫みたいだ。

カボチャの説明書きも確認してみると、こちらはやはり受粉が必要なよう。

「肝心な受粉の仕方は……」

花の根元がプックリ膨らんでいるのが雌花でそれがないのが雄花。

その雄花を摘んで、周りの花弁を切り取って雄しべだけにしたら、雌花の雌しべに優しくチョンチョンと花粉を付けてあげれば受粉終了ということらしい。

ついでに言うと、1株で実は3個くらいにしておくと甘いカボチャが収穫できるようだ。

メロンとスイカは、種を買ったわけじゃないから分からないけど、同じウリ科だからそうそう違わないだろうと思うことにしてカボチャ基準でやるしかないな。

何にしろ、一晩でこれだけ成長して蕾もこれだけ膨らんでいるんだから、今日中に花開くのは間違いない。

受粉をしっかりやらないと実がつかないから、これはやっておかないといけない。

「アルバンたちには一時庭の仕事は休んで、今日は畑のことをやってもらうから。それ以外のみんなは通常通りお願いね」

俺がそう言うとロッテちゃんが元気よく「ハイッ！」と手を上げた。

「ロッテちゃん、どうした？」

「ムコーダのお兄ちゃん、ロッテも今日は畑仕事がやりたいです！」

お母さんのテレーザが「この子はもう」って困った顔をしていた。

「ハハッ、畑仕事か。じゃ、お父さんの言うこと聞くんだぞ」

そう言うとロッテちゃんが笑顔で「うんっ」と頷いた。

ロッテちゃんはどの道仕事の頭数には入ってないから、男性陣に入っても特に問題はないしね。

その後、女性陣は母屋へ。

警備組は、門と屋敷の見回りへと散っていった。

俺は、残った男性陣プラスロッテちゃんに受粉の仕方を伝授した。

そして、1株に実を3個程度残して間引くことも伝える。

元農家なだけあってすぐに分かったようだから、アルバンに任せておけば大丈夫だろう。

「この様子だと、花が咲くのもすぐだろうから、よく観察して、花が咲いたら受粉作業お願いね」

そう言うと、みんなから「分かりました」という返事があった。

「ロッテお花が咲くのちゃあんと見てるよ！」

「ああ。咲いたらお父さんに知らせるんだぞ」

「分かった～」

そう言うとロッテちゃんは睨《にら》めっこするようにカボチャの蕾をジーッと見つめた。

「じゃ、アルバン、頼んだよ」

◇◇◇◇◇

『何だったんだ？』

「いやな、昨日蒔いた種がさ……」

畑で見たことをフェルに話していった。

『話は分かったが、早く育って何が悪いのだ？』

「悪いってわけじゃないけど、そんな早く育つなんて通常じゃ考えられないし、普通驚くだろ」

『そのようなもんなのか？』

いやいや、そのようなもんなのかって、昨日の今日で蕾が付くくらい育ってたら誰だって驚くだろうが。

「てかさ、そういうこと言うってことは、フェルって植物にまったく興味ないだろ」

『うむ、まったくないな』

フェルってば断言しちゃったよ。

「おい～、なら何で聞くんだよぉ」

『む、なんとなくだな。そんなことより、今日は狩りだろう？』

そういや、あとで連れて行くって言ってたんだっけ。

でも、今日はランベルトさんとこと冒険者ギルドに行こうと思ってたんだけど……。

『おい、まさかまた狩りはあとでとか言い出すんじゃないだろうな？　うん？』

うっ……、俺を見るフェルの目が鋭い。

「えーっと、いや、そういうことはないんだけどさ、ちょっとランベルトさんのところへ商品を卸しに行って、冒険者ギルドにも行かなきゃいけないし……」

俺はフェルをチラチラ見ながらそう言った。

『そうだとしても、一日中というわけではないだろうが』

「い、いや、そうなんだけどさ……」

俺としちゃ、今日もできればゆっくりしたいかなぁなんて。

『はっきりしない男だのう。さっさと用事を済ませて狩りに行くぞ。ドラ、スイ出かけるぞ』

おぅ、フェルの中では狩りに行くのは決定済みなんだね。

『おい、行くぞ』

「ちょっ、持っていかなきゃならないものがあるんだから待てよ」

『遅いぞ。早くしろ』

へいへい、まったくもう。

女性陣にお願いして詰め替えてもらったシャンプーと【神薬　毛髪パワー】を地下室へと取りに行った。

シャンプーと【神薬　毛髪パワー】をアイテムボックスにしまい、階段を上がっていくとフェルたちが待ち受けていた。

『よし、行くぞ。乗れ』

有無を言わさぬフェルに背に乗るように促されて、俺たちはランベルトさんの店へと向かった。

◇◇◇◇◇

ランベルトさんの店に行くと、まだ早い時間ということもあって客もまばらだった。

従業員の人にお願いしてランベルトさんを呼んでもらう。

「おはようございます、ムコーダさん」

「おはようございます。例の品、お届けに来ました」

「おおっ、それは良かった！　ささ、こちらへ」

ランベルトさんについて店の奥の部屋へと入る。

「それでは、伯爵様への献上分も含めて200本ということでこちらです」

俺は、シャンプーと【神薬　毛髪パワー】が詰まった木箱を次々とアイテムボックスから出していった。

ランベルトさんとしては、シャンプーを使った方が育毛剤の効果が高まるということで、シャンプーと【神薬　毛髪パワー】をセットで販売する心積もりのようだ。

「明日あたりムコーダさんに一度ご連絡を入れようかと思っていたところでした。実を言うと、伯爵様から催促の便りをいただいておりまして……」

何でも伯爵様の激変は大反響を呼び、伯爵様は貴族連中からひっきりなしにどうしたのだと質問攻めにあっているそうだ。

　この質問に答えるためにも現物がなければ話にならんということで、ランベルトさんのところに催促がきたらしい。

　そのため、ランベルトさんはこのあと王都まで育毛剤を伯爵様に届けに行くそうだ。

「これで数日中のうちに王都に旅立つことができます」

　ランベルトさんは旅支度が整い次第王都に向かうとのことだ。

　伯爵様の紹介が必要ではあるが、買いたいと申し出る貴族が殺到すると予見して、伯爵様に献上する分の50本の他販売用にも50本携えて王都に向かうそう。

　1本金貨50枚と俺からするとかなり強気な値段設定なんだけど、50本も持っていって売れるんだろうかとちょっと心配になってしまった。

　でも、ランベルトさんは絶対に売れると自信満々。

「何しろこの効果ですからね、髪を気にされている方々が買わないわけがありませんよ」

　そりゃそうなんだろうけど、でもさ、言っちゃえばたかが髪の毛なんだよね。

　髪があろうがなかろうが、生活に支障がでるわけじゃないし。

　それに金貨50枚出すかって言ったら、うーんどうなんだろうって思っちゃう。

　でも、ランベルトさん曰く「気にされてる方は大枚をはたいてでも手にされますし、逆に言えばこの程度の金額で悩みがなくなるなら喜んでお買いになりますよ」とのこと。

言われてみればそうかもしれない。

それに、俺自身薄毛でも何でもないからこんなこと言えるんだろうし。

っと、そういや、俺の代わりに最初に【神薬　毛髪パワー】を試してもらった（実験台になってもらった）ギルドマスターのことをランベルトさんに伝えておかねば。

「ランベルトさん、実は……」

最初に協力してもらったギルドマスターのことをランベルトさんに話した。

「なるほど、冒険者ギルドのギルドマスターが」

「そうなんです。それで、購入できるようになったら是非ともという話でして……。伯爵様のご紹介がないとという話でしたが、冒険者ギルドのギルドマスターだけは例外でお願いします」

ランベルトさんが言うには、伯爵様がこの育毛剤のことを知ったのもギルドマスター経由だから、ギルドマスターに売る分には大丈夫だろうとのことだった。

良かった。

ギルドマスターからはくれぐれもと頼まれてたからな。

金貨50枚は高額だけど、ギルドマスターともなれば高給取りなんだから大丈夫だろう。

というか、販売についてはランベルトさんに全面的に任せてるんで、欲しいならがんばってくださいってことだね。

「それでは代金を用意してきますので、ちょっとお待ちを」

そう言ってランベルトさんが部屋を出て行った。

それから少しして、ランベルトさんが麻袋を手に部屋に戻ってきた。

「では、こちらです。ご確認ください」

中を確認すると、白金貨が51枚あった。

あれ？

多いような……。

ランベルトさんとの話で、卸値はシャンプー銀貨5枚で育毛剤は金貨33枚だったはずなんだけど。

伯爵様へ献上する分をのぞいた150本分の代金だからシャンプーが金貨75枚で育毛剤が金貨4950枚で〆て金貨5025枚のはず。

白金貨51枚を金貨に換算すると金貨5100枚。

金貨75枚分も多いことになる。

「ランベルトさん、代金が多いんですが」

「伯爵様の分をすべてムコーダさんにお任せするのは心苦しいので、その分とお考えください。少なくて申し訳ないのですが」

「いえいえ、伯爵様の分は、後ろ盾になってもらう都合上もあってああいう形にさせていただいたのもあるんです。それなんでランベルトさんにご迷惑をかけるわけにはいきませんよ」

「迷惑だなんてそんな。おかげさまでムコーダさんに卸していただいている石鹸《せっけん》やシャンプーも人気商品になって、うちもかなり儲《もう》けさせてもらってますし。店にお客が増えたことで、革製品の売上もずいぶん伸びたのですよ。しかも、確実に売れそうなこの育毛剤までうちに卸していただけることになったというのに。伯爵様へお渡しする分のほんの一部にしかならない金額ですが、どうぞお納めください」

そう言ってランベルトさんはニッコリ笑っている。

むぅ、これは返すにしたって絶対受け取らないだろうな。

しょうがない、今回は受け取ることにしよう。

「それじゃ、今回はありがたくいただいていきます」

俺は白金貨の入った麻袋をアイテムボックスにしまった。

それからたわいもない話を少しして、お暇《いとま》することにした。

「それじゃランベルトさん、お気をつけて。伯爵様にもよろしくお伝えください」

「はい、ありがとうございます。王都での売れ具合によっては、また仕入れさせていただくことになると思いますので、そのときはよろしくお願いします」

ランベルトさんと挨拶を交わし、俺たちは店をあとにした。

ランベルトさんに王都までの護衛を頼まれたけど、そこは丁重にお断りした。

だって、王都なんていろいろと面倒くさそうなことしかなさそうだしさ。

『よし、終わったな。次行くぞ』

早く狩りに向かいたいフェルに急《せ》かされて、次の目的地の冒険者ギルドへと向かった。

◇◇◇◇◇

冒険者ギルドに入ると、すぐさま連絡が行ったのかギルドマスターが俺たちの前へと現れた。

「おう、来たか。んじゃ、2階へ」

「いや、それが……」

『おい、この後は狩りへ行くのだ。早く済ませろ』

『そうだぞ、狩りへ行くんだからな』

『狩りー』

「そういうわけなんで」

俺とギルドマスター2人して、当然だという顔をしているフェルとフェルの上で飛んでいるドラちゃんとフェルの上にちょこんと乗ったスイを見た。

ギルドマスターにはドラちゃんとスイの声は聞こえないものの、みんなが狩りに行きたいというのは伝わっているようだ。

「ハハッ、狩りか。それでうちもその恩恵に与《あずか》れるんだから早く済ませにゃならんな。よし、直接倉庫に行くぞ」

ギルドマスターと俺たちは連れ立って倉庫へと向かった。

「おう、ヨハン来たぜ」

そこで待ち受けていたのは当然ヨハンのおっさんだ。

「来たか、兄さん。オークジェネラルとリーダーの解体も終わって肉も用意できてるぜ」

俺は、オークジェネラルとオークリーダーの肉を受け取った。

ヨハンのおっさんは仕事が早くて助かるね。

とは言っても、ヨハンのおっさんはこの後もオークの解体だってボヤいてるけど。

俺が持ち込んだ一昨日から、他の解体担当の職員とともにオークの解体作業に勤《いそ》しんでいるとのことだ。

オークはまだ手持ちの分がかなり残ってるからって、今回の分は上位種を除いて全部買い取ってもらっちゃったからねぇ。

大変かもしれないけどがんばってください。

「買取代金の内訳だが、オークは肉と睾丸《こうがん》で1匹金貨2枚に銀貨2枚だな。それが136匹で金貨299枚と銀貨2枚。オークリーダーとオークジェネラルは睾丸のみだが、今ちょうどオークの上位種の睾丸の需要が高まっていてな、少し高めの買取になってオークリーダーが金貨11枚でオークジェネラルが金貨12枚だ。〆て金貨322枚と銀貨2枚」

ヨハンのおっさんが作業台の上に麻袋を置いた。

「今回は大金貨で用意させてもらったぜ。中に大金貨32枚と金貨2枚と銀貨2枚が入ってる。確認してくれよ」

中身を確認していく。
1、2、3………、うん間違いないね。
「大丈夫です」

「よし、次は討伐報酬だが、急な依頼だったこともあるからな、少し色を付けて金貨200枚だ。こっちも大金貨で用意しておいたから確認してくれ」

ギルドマスターから受け取った麻袋の中を確認すると大金貨20枚が入っていた。

「はい、間違いなく」

買取代金の入った麻袋と討伐報酬が入った麻袋をアイテムボックスにしまうと、見計らったようにヨハンのおっさんが声をかけてきた。

「よう兄さん、そんで珍しいもんは獲《と》れたかい？」

「まぁ、少しは。……あ、買取してもらっても大丈夫ですか？」

この間の狩りで、フェルたちが獲ってきたギガントミミックカメレオンとガルーダ。

あれどう見ても食えそうにないし、アイテムボックスの肥やしにしておくよりは売った方がいいな。

「ま、見てからだな。お前の持ってくるもんはいいもんではあるが、オルトロスだのキマイラだの地竜《アースドラゴン》だの突拍子もないもんもあるからなぁ。うちみたいな規模のギルドじゃなかなか手が出せないもんまで平気で出しやがるんだから」

そう言ったのはギルドマスターだ。

突拍子もないもんって言われてもねぇ。

フェルたちが獲ってきちゃうんだからしょうがないんですよ。

「そう言われると、出し難《にく》いんですけど、これでもSランクなんで……」

「ったく、Sランクか。とりあえず出してみろ」

「えーっと、それじゃあ……」

倉庫の中の開いている場所に、アイテムボックスからギガントミミックカメレオンとガルーダを出した。


…………。


「「ブーーーッ」」

ヨハンのおっさんとギルドマスターが噴いた。

汚ねっ。

「こ、こりゃギガントミミックカメレオンか？」

「こっちはガルーダっすね。俺、初めて実物見ましたよ。兄さんに会ってから、本でしか見たことのない魔物の実物をよく見るようになったわ。ハハハッ」

ヨハンのおっさん、そんな乾いた笑い声出さないでよ。

珍しいもん獲れたかって聞いてきたのヨハンのおっさんの方じゃないか。

ギルドマスターもそんな驚かないでよー。

最初にSランクだって言ったじゃん。

「それで、買取の方は……」

「うん、無理だな」

そうだと思ったよ。

「ま、もう少しすればギガントミミックカメレオンならなんとかいけるかもしれんが、何せこの間キマイラを買取したばっかりだからなぁ。残念ではあるが」

ギルドマスターの話では、そのキマイラの素材の代金が入ればなんとかなりそうだけど、今のところは無理のようだ。

このギガントミミックカメレオン、肉は食用には向かないがそれ以外の皮から内臓から舌や血まで素材になるとのこと。

しかも、普段は森の奥深くにいて擬態しているから見つけること自体が困難らしく、市場に出れば高値が付くことは間違いなしとのことで、買取できないことをギルドマスターも残念がっていた。

「ま、今回は見送りってことで。他に売る予定がなかったら、また声かけてくれや」

「はい」

ガルーダは、ギルドマスター曰く「これの買取をしてもらうんなら王都かダンジョン都市のギルドにでも行かないとな」とのこと。

これもしばらくはアイテムボックスで塩漬けだな。

「そうだ、ギルドマスターちょっといいですか？」

「何だ？」

「ええと、例の……」

俺がギルドマスターの頭を見ると、ピンときたようだ。

「おお、あれかっ」

「はい。ランベルト商会で売り出すことになりましたので。それで、実は……」

伯爵様の紹介がないと買えないことやギルドマスターだけは買えるように話をつけてあることなどを話した。

「はぁ、そうなったか。しかし、金貨50枚か。まぁ、この効果じゃその金額でも安いくらいか。こりゃ休みの日にがんばるしかないな」

「休みの日にがんばるって、何か副業でもされるんですか？」

「副業っつうか、まぁ冒険者稼業にちょっとばかし戻るってこったな」

ギルドマスターが言うには、冒険者を引退しても、特に高ランクの冒険者の籍はそのままにしていることも多く、急に金が必要になったときなどに魔物を狩って換金するなんてことも間々あることらしい。

「俺も元はAランクだからな」

ギルドマスターがそう言ってニヤリと笑った。

そういうことなら大丈夫でしょう。

がんばって稼いで【神薬　毛髪パワー】を買ってくださいね。

「それじゃ、これで。フェルたちがヤキモキしてるんで」

「おう、これから狩りだったな。気をつけて行けよ。ってお前らなら、大丈夫だろうがな」

冒険者ギルドから出ると、フェルとドラちゃんが『遅い』と文句を言ってくる。

「ごめんごめん」

『まったく、あれほど早くするのだぞと言ったのに。お前という奴は』

『フェルの言うとおりだぜ。スイなんて寝ちまってんじゃん』

ドラちゃんの言うとおり、スイはいつの間にか革鞄《かばん》で寝ていた。

「ごめんって。でも、そんな言うほど時間経ってないだろ。まだ狩りの時間だって十分あるよ。早く行こ」

『フンッ、乗れ』

「ハイハイ」

俺を背に載せたフェルは早歩きで門へと進んでいった。

第七章　とれたて野菜でBBQ

『それでは行くか』

『俺は今日も大物狙いだ。大物獲《と》ってくるぜー！』

『あるじー、ビュッビュッってして美味《おい》しいのいっぱいとってくるからね～』

「おう、期待して待ってるよ」

『それよりも、お前の方も分かっているな？』

「分かってるって。用意しておくよ」

そう言うと、フェルが満足そうに頷《うなず》いてドラちゃんとスイを引き連れて森の中へと入って行った。

「用意しておくとは言ったもののねぇ……」

冒険者ギルドをあとにして森に狩りへとやって来た俺たち。

ちょっと早い昼飯を済ませて、フェルたちは狩りへと繰り出すことになった。

そのちょっと早い昼飯の最中にフェルが思い出したように話題に出したのが……。

『そういえばキマイラの肉を食ってないが、あれはどうなったのだ？』

正直ギクッとした。

意図的に出してなかったからさ。

だってあの見てくれだぞ。

ライオンと山羊《やぎ》とドラゴンというかワニっぽい頭に毒蛇の尻尾。

あの凶悪な姿を見ている者としては、ちょっと食材として使うのにも躊躇《ちゅうちょ》しちゃってさ。

鑑定では食用可ってあったし、極上の赤身肉で焼いても煮ても美味であるともあったから、美味《うま》いんだろうなとは思うんだけど。

キマイラの肉を使わなくても、他の肉が豊富にあったことも手伝って今までどうも手が出なかった。


しかし、フェルに催促されたとなるとな……。

違う肉を出したところで、キマイラの肉の味を知ってるフェルにはすぐにバレるだろうし。

ここは腹を決めて、キマイラの肉を使うしかないか。

俺はアイテムボックスからキマイラの肉を取り出した。

「肉だけ見れば、本当にキレイな赤身肉なんだよなぁ……」

多分これがキマイラの肉と知らされなければ、俺は喜んで食材にしていただろう。

「とりあえず、食ってみないと何も始まらないな」

味を確かめるために、ほんの少し切り分けて塩胡椒《こしょう》を振って焼いてみた。

「オークの肉だって今じゃ普通に食ってるんだ。キマイラだって大丈夫、うん大丈夫だ」

最初は忌避感があったオークの肉も今では普通に食材として使って美味しくいただいている。

大丈夫だと思いながら焼いた肉の端っこをちょっと齧《かじ》った。

…………美味い、かも。

今度は焼いた肉の半分くらいまで齧ってみた。

ゆっくりと嚙《か》み締めていく。

………………。

「うまぁぁぁい」

鑑定さんに噓《うそ》偽りなし。

嚙むごとにジュワッと肉の旨味《うまみ》が口の中に広がる。

その味は牛に近い感じだ。

一度、ニューヨークスタイルのドライエイジングビーフを出している店で食ったことがあるんだけど、そこで食った赤身肉の味に似ている。

あのときは、赤身肉ってこんなに美味かったんだって感動したもんだ。

嚙み締めるごとに溢《あふ》れ出る濃い肉の旨味は肉好きならば絶対に魅了される味わいだ。

「これは明らかに食わず嫌いだったな。こんなに美味いなら、キマイラとか関係ないわ。ハハッ」

問題は、こんなに美味い肉どう料理するかだな。

これだけ美味い肉を細切れにするのはもったいないし、どうせならガツンとある程度の塊で食いたいところだ。

この肉の旨味を味わうなら、当然ステーキだよな。

しかも塩胡椒のみの味付けで。

しかし、ステーキだけというのも能がない。

もう1品何か……。

煮込んでも美味いっていうからシチューという手もあるけど、これを軟らかく煮るとなるとちょっと時間が足りない気がするしな。

うーん……、あ、揚げてみるのはどうだ？

味も牛に近いし、牛カツみたいに揚げてみるのもいいかもしれない。

キマイラカツ（？）だな。

よし、そうしよう。

そうと決まればネットスーパーで材料調達だ。

キマイラカツの衣に使う小麦粉と卵とパン粉だな。

カツをいただくときは、肉がいいからシンプルにワサビ醤油《しょうゆ》がいいだろう。

そのためにワサビと醤油のちょっといいやつが欲しい。

「お、これいいかも」

天然醸造の生搾醤油とある。

ちょっと高めの値段だけど、このいい肉に合わせるならこれくらいのものを選びたい。

ワサビは生ワサビが1本丸々売っていたのでそれをおろして使うことにした。

それと、カツに合いそうな藻塩も見つけたので急きょそれも購入。

前に使ったことがあるけど、普通の塩よりもカドのとれたまろやかな塩味でなかなかに美味かったからな。

「さて、まずはステーキだな」

ステーキはいつものアルミホイルを使う赤身肉の焼き方で焼いた。

胡椒は前に買ったミル付きのもので、塩はエイヴリングで影の戦士《シャドウウォーリア》のみなさんからもらったエルモライ山の岩塩を使ってみた。

ピンク色の岩塩をおろし金で削って使ってみたんだけど、これがなかなか。

削ったのを少しなめてみるとカドがないマイルドな味わいで美味い塩だった。

この岩塩と挽《ひ》きたての黒胡椒のみの味付けのキマイラ肉のステーキ。

ゴクリ……。

「味見は作り手の特権だよな」

ということで、いざ実食。

「あ～、美味い」

噛み締めるごとに溢れ出す旨味を含んだ肉汁に、俺は今美味い肉を食ってるんだって実感がハンパないな。

ついつい次に手が出そうなのを、何とか抑えてもう1品のキマイラカツを作り始める。

厚めに切ったキマイラの肉の両面に先ほどステーキにも使った黒胡椒と岩塩を振る。

肉に小麦粉を薄く全体にまぶしたら溶き卵につけたあと、パン粉をしっかりつけていく。

あとは熱した油できつね色になるまで揚げれば出来上がりだ。

こんがりと揚がったキマイラ肉のカツを火傷《やけど》に注意しながら切り分けていく。

サクッ、サクッ、サクッ。

切り分けるごとに、サクッといい音が奏でられる。

「よし、いい感じに揚がってるな」

中はミディアムレアのベストな状態だ。

「フフフ、これも味見を……」

切り分けたキマイラカツにおろし金でおろしたワサビをちょいとつけて、生搾醬油をちょんとつけてパクリ。

「これもまたうまぁぁぁい」

パン粉のついた表面はカリッと香ばしく、中の肉は柔らかくジューシー。

サクッ、ジュワーな食感と溢れ出る肉の旨味がワサビ醬油と抜群に合うな。

「これはたまらん」

ついつい二切れ三切れと食ってしまった。

「って、ワサビ醤油ばっかり食ってちゃダメだな。藻塩も試してみないと」

次は藻塩をちょいとつけて食ってみた。

「おお～、これもなかなか」

藻塩の方も、まろやかな塩味が肉の味を引き立ててこれもまた美味。

ついついこれも一切れ追加で食ってしまった。

「いかんいかん。美味いからついつい手を出しちゃったぜ。それにしても、これはドラゴンにも匹敵する美味さなんじゃないのか？」

キマイラの美味さに誰へともなく独り言《ご》ちる。

キマイラはドラゴンほど大きくないから肉も少ない。

今回使うと、せいぜいあと2食分あるかどうかってところかな。

そのドラゴンだって地竜《アースドラゴン》の肉はもうほとんどないし……。

使いどころを考えながら使わないとな。

美味い肉は無くなるのも早い。

まぁ、この世界には美味い肉は他にもまだまだありそうだし、これからも手に入るのを期待したいところだね。

◇◇◇◇◇

『戻ったぞ』

「お、お帰り」

フェルとドラちゃんとスイが狩りから戻ってきた。

『腹減ったぁ～』

『スイもお腹減《なか》った～』

「飯は用意してあるぞ。それより、今日はどうだった？」

『それがなぁ、なぁ、フェル』

『うむ。今日は運が悪かった』

『今日はあんまりビュッビュッってできなかったのー』

フェルが持っていたマジックバッグの中身を確認してみる。

レッドボア×3、コカトリス×4と……。

「これは随分とデカいが、ヤギか？」

普通のヤギよりも二回りくらいデカい黒いヤギが出てきた。

カーブした太い角に筋肉質な体つきをしている。

『それはブラックゴートという魔物だ。肉は少しクセがあって我はあまり好きではないのだがな。見かけたから狩ってきたのだ』

鑑定してみると、Bランクの魔物で、食肉可だがクセのある肉質と書いてあった。

フェルの言うとおりクセがあるみたいだ。

そういやヤギって食ったことはないけど、クセがある味だっていうのは聞いたことがあるな。

これはそのまま買取に出してもいいかもしれないな。

『今日はそんだけだ』

ドラちゃんが残念そうにそう言った。

「まぁ、そういう日もあるよ。これだけあれば立派なもんさ。それにレッドボアとコカトリスなら、いざとなれば俺でも解体できる魔物だからあって損はないし」

『そうは言うがよぉ』

『スイ、もっとビュッビュッってして倒したかったなぁ』

『仕方ない。今日は我が察知できる大きな獲物の気配が近くになかったのだからな』

「まぁまぁ、次があるさ。それよりみんな腹減ってんだろ？　飯にしようぜ」

『うむ。肉の方は……』

「もちろんご所望通りキマイラの肉だ」

みんなの前にまずはステーキを盛った皿を出した。

「肉が抜群に美味いから、シンプルに塩胡椒のみの味付けにしてみたぞ」

フェルとドラちゃんとスイが早速肉にかぶりつく。

『うむ。うまいっ』

『キマイラは初めて食ったけど、美味い肉じゃねぇか！』

『おいしー！』

「あの見てくれなのに、美味いよなぁキマイラって」

みんなキマイラ肉の美味さに夢中でバクバク食っている。

味見でけっこう食ったはずの俺もついつい手が出てしまう。

「塩胡椒が美味いけど、ステーキ醤油もいけるだろう。かける？」

ステーキ醤油好きのフェルに聞いてみると、当然だという風に『うむ』と頷いた。

フェルが一番好きなにんにく風味のステーキ醤油をかけて出してやる。

『美味いぞ。塩胡椒も悪くはないが、我はやはりこれだな。この風味が肉の旨味をさらに引き立てるのだ』

そう言って満足そうにバクバク食っていく。

『あ、俺にもそれかけたのくれよ』

『スイもー』

フェルが美味そうに食っているのに当てられたのか、ドラちゃんもスイもステーキ醤油をご所望だ。

ドラちゃんとスイにも出してやると『これも美味いな』『これもおいしーね』と実に美味そうに

食っている。

みんなに釣られて俺もステーキ醬油をかけてみる。

にんにく風味が食を進めるというか、パクパクイケちゃう。

「おう、もうない。にんにく風味ヤバいな」

食いすぎ注意だ。

と言っても、もう1品あるんだけど。

「もう1品作ったんだ。キマイラの肉を油で揚げてみた。これはワサビ醬油か藻塩でな。で、このワサビっていうのがちょっと辛いんだけど、スイはない方がいいか？」

『うーん、辛いのは苦手だけど、ちょっと食べてみるー』

みんなにワサビを溶いた醬油をかけたものと藻塩をかけたものを出してやる。

スイのワサビ醬油の分はお試しということで、カツを半分にしたものを出してやった。

『これは美味いな。特にこちらの方が美味い』

フェルは断然ワサビ醬油が気に入ったみたいだ。

藻塩も悪くないが、ワサビ醬油のツーンとした辛さが肉と合っているとのこと。

『俺はこっちの藻塩ってヤツの方が気に入ったぞ』

ドラちゃんは藻塩を振った方が好みみたいだ。

ワサビ醬油もツーンとした辛みが肉の旨味を引き立ててくれて悪くはないけど、藻塩の方が肉の旨味をガツンと感じさせてくれるからこっちの方がいいらしい。

「スイはどうだ？」

『うーん、このツーンと辛いヤツはおいしくなぁい。こっちのお塩のはおいしいよー』

子ども舌のスイにはやっぱりワサビは早かったようだ。

藻塩は美味しいって言ってるけど、カツなら子ども舌のスイがもっと喜びそうな味があるな。

「スイが好きそうな味があるから、これ食ってちょっと待っててな」

スイに藻塩のかかったキマイラカツを出して、早速作り始める。

ネットスーパーでデミグラスソース缶を購入したら、それをフライパンで温めてそこにケチャップとソース、それから砂糖少々とバターを入れて味を確認。

「うん、いい感じ」

キマイラカツに出来上がったデミグラスソースをかけて……。

「はい、スイどうぞ」

『わぁ～、いい匂い』

キマイラカツのデミグラスソース掛けをスイが取り込んでいく。

『おいし～。スイ、この味好きー』

子ども舌のスイにはデミグラスソースがバッチリ合ったみたいだ。

デミグラスソース掛けがよほど気に入ったのかモリモリ食っている。

『ぬ、それは何だ？　美味そうだな。我にも食わせろ』

『俺も食いたい』

目ざとく見つけたフェルとドラちゃんが食いたいと言い出した。

「何だフェルとドラちゃんもか、ちょっと待って」

フェルとドラちゃんにもキマイラカツのデミグラスソース掛けを出してやった。

『む、これはこれで美味いな』

『ああ。なかなか美味い』

フェルもドラちゃんもデミグラスソースを案外気に入ったみたいだ。

『おかわりー』

「もうか。ちょっと待っててな」

『我もおかわりだ。ステーキとこのカツというの両方だぞ』

『俺もおかわり。藻塩かけたのな』

「お前らもか」

俺はみんなのおかわりを用意していった。

こんな感じで俺たちは、周りが薄暗くなるまでキマイラの肉を心ゆくまで堪能した。

◇　◇　◇　◇　◇

フェルとドラちゃんとスイが寝静まったあと、俺は1人リビングにいた。

「さてと、もう一仕事だな。デミウルゴス様へのお供え物を……」

アイテムボックスからデミウルゴス様分の段ボールを取り出した。

昨日はニンリル様たちへ送ったけど、一緒というのもどうかと思って1日ずらした。

ニンリル様たち同様に箱は開けずにそのままにしてみた。

「デミウルゴス様、どうぞお収めください」

『おお、いつもすまんのう～。ぬ、今日は箱ごとか?』

「はい。その方が何が入っているかってワクワク感があるかと思いまして」

『確かにそうじゃのう。それじゃ早速いただくぞい』

デミウルゴス様の言葉とともに段ボール箱が消えていった。

ベリッベリッと段ボール箱を開ける音が聞こえてくる。

『おっ、これは前にもらった日本酒だな』

「はい。それはですね、3本あってすべて銘柄は同じですが、純米大吟醸・吟醸酒・特別本醸造とあり、同じ銘柄の酒を飲み比べようという趣旨のものなんですよ」

『その純米大吟醸、吟醸酒、特別本醸造というのは何が違うんじゃ? 同じ銘柄なら味もそれほど変わらんだろう』

「ええとですね、純米大吟醸、吟醸酒、特別本醸造っていうのは、要は日本酒を製法によって区分したものなんです。原料である米の精米歩合だったり、麹《こうじ》の歩合だったり、アルコール添加量、発酵させる温度など、そういうことが違うわけですから同じ銘柄であっても味わいにもけっこう変化があるようですよ。このセットはそういうのを楽しむためのものなんです」

『なるほどのう。日本酒というのは奥が深いわい。早速明日の晩にでも飲み比べてみるとしようかのう』

「いつもの缶詰のつまみも入ってますので、ご一緒にお楽しみください」

『うむ、うむ。あれが実に酒に合うんじゃよなぁ。楽しみじゃ。ふぉっふぉっふぉっ』

デミウルゴス様の大らかな笑い声が聞こえた。

『ところで、彼奴《あやつ》らはどうじゃ？』

ああ、あの方たちですねぇ。

「あの方たちでしたら、一昨日に連絡が来ましたよ」

デミウルゴス様に一昨日から昨日にかけてのやり取りを話した。

『なるほどなぁ。彼奴ら、すこぶる機嫌が良かったのはそういう理由か』

「みなさんそんなに機嫌良かったんですか？」

『うむ。ニンリルなぞ鼻歌を歌いながらスキップしておったわい』

ニンリル様ェ……。

待ちに待った甘味が手に入ったからと言って、鼻歌歌ってスキップっていうのは浮かれすぎじゃないですかねぇ。

『しかし、話を聞くとずいぶんと反省はしておるようじゃな』

「はい。大分堪《こた》えたようです。みなさん謝ってきましたし、ニンリル様なんて泣いてらっしゃいましたよ」

ニンリル様、号泣してたね。

他の神様たちも憔悴《しょうすい》しきった感じの声だったしさ。

みなさん、ずっと待ち焦がれていたものが手に入って、今は浮かれているようだけど、昨日と一昨日はしおらしい態度だったもんなぁ。

『そうかそうか。彼奴らも少しは進歩したようじゃな』

少し安心したようなデミウルゴス様の声が聞こえた。

デミウルゴス様としては、ちょっと傲慢になっていた神様たちに反省を促す意味もあったんだろう。

『儂《わし》らは神だからのう、誰かに謝るなんてことはまずない。じゃが、迷惑をかけたのなら神だと言えど謝らにゃいかんわい』

まぁ、迷惑と言うほどのものでもないけど、神様たちがわがままだったのは否めないな。

『彼奴らも反省はしておるようだし、すまんがもう少しだけ付き合ってやってくれのう』

「はい。今度からはお供えも月一にしてもらいましたし、大丈夫ですよ」

月一だし、ある程度こっちにお任せにしてもらってるから、その辺は前よりも楽ではあるし。

『彼奴らがまたわがまま放題言ってお主に迷惑かけるようじゃったら、すぐに言うのだぞ』

「ハハハッ。そうなったときは遠慮なくご報告させていただきます」

『うむ。それでは、またのう』

「はい、また」

プツリと神様通信が切れた。

やっぱり創造神が味方だと心強いね。

ま、あの神様たちも反省はしたみたいだから、そんなに問題行動は起こさないと思うけど。

「さて、デミウルゴス様へのお供えも終わったし。寝ようっと」

俺はフェルとドラちゃんとスイの待つ主寝室へと向かった。

◇◇◇◇◇

朝飯を食ったあと、俺は畑に向かった。

「おはよう、みんな」

畑ではトニ一家とアルバン一家、そして警備総出で、大きく実ったメロンやらスイカやらキュウリやらを収穫していた。

「おはようございます、ムコーダさん」

「おはようございます」

一家の主《あるじ》であるトニとアルバンが挨拶すると、次々と「おはようございます」と返ってくる。

「ムコーダのお兄ちゃん、おはよう！　見て見て、こーんなに大きいの！」

ロッテちゃんがもぎ取った丸々と大きく実った真っ赤なトマトを上に掲げてそう言った。

「おお、大きく実ったなぁ」

「でしょー。他のもね、すっごく大きいんだよ！　こっちこっち」

ロッテちゃんに手を引かれて畑の中に足を踏み入れた。

「ムコーダさん、勝手に収穫してしまってすみません。成長が早いもんで、これ以上放っておくと腐ってしまうのではと思いまして」

ナスを収穫していたアルバンが俺の方を向いて、申し訳なさそうにそう言った。

「いや、いい判断だったと思うぞ。せっかくこんなによく実ってるのに腐らせちゃもったいないし」

メロン、スイカ、レタス、キュウリ、トマト、ナス、トウモロコシ、カボチャ。

畑に蒔《ま》いた種はどれもこれもこれ以上ないくらいによく育っている。

というか、普通のものより1・5倍くらい大きい。

大きいと中身がスカスカだったりするんだけどと思いながら、近くにあったトウモロコシを1つもいでみた。

「うん、大きいね。ひげ根もふさふさしてるし、重さもけっこうズッシリしてる」

皮を剝《む》いてみると、ハリのある少し白っぽい粒がギッシリと詰まっていた。

「確かトウモロコシって白っぽい方が甘いんだよな」

生でも食えないことはないので、少し齧ってみた。

「あっま！　何コレ、あっま！」

ハリのある実は1粒1粒ジューシーで、驚くほど甘かった。

「え？　トウモロコシってこんな甘かったっけ？　今まで食ってたトウモロコシと全然違うんだけど」

もしやと思い鑑定してみると……。

【トウモロコシ】

異世界の野菜トウモロコシ。たっぷりの栄養と異世界にはない魔素にさらされることで最高品質に育った。実をつけるのは1代限り。

やっぱりあの栄養剤が影響していたか。

それと魔素。

これも影響しているようだ。

確かに地球には魔素なんてもんはなかったもんなぁ。

って、そういうことなら、トウモロコシ以外もこんな感じか？

そう思いつつ他の野菜類も鑑定してみると、トウモロコシと同じような鑑定結果だった。

すべて最高品質。

何にせよ美味しく育ってくれたなら文句はないな。

ただ、みんな〝実をつけるのは1代限り〟とあった。

ということは、ここで育った実の種を蒔いても育たないってことだよな。

残念ではあるけど、種なら俺のネットスーパーでいくらでも買えるし、特に問題ないか。

「ムコーダさん、収穫終わりました」

そう言ったアルバンの手には、生活用品として支給した麻袋が。

中には、見るからに瑞々《みずみず》しい濃い緑色をしたキュウリがあふれんばかりに入っていた。

他のみんなの手にする麻袋にも実った野菜類がたくさん入っている。

「思ったよりたくさん実ったな」

「はい。それにどれも見たことがないくらいにいい出来です」

この畑でできた野菜類は、元農家のアルバンもびっくりするほどいい出来なのだそうだ。

「よし、早速味見してみよう」

「ワーイ！　ロッテこの間食べた甘いのがいい！」

「メロンとスイカだね」

みんな朝飯は食っただろうから、ロッテちゃんの希望でもあるしデザートとしてメロンとスイカにするか。

「じゃ、フェルたちを呼んでくるからちょっと待っててな」

みんなを少し待たせて、俺はフェルたちを呼びに母屋へ戻った。

みんなスライムであるスイは別にしても、俺抜きではさすがにフェル《デカい狼》とドラちゃん《小さいけどドラゴン》には腰が引けるみたいなんだよね。

自由奔放な感じのするロッテちゃんも、アルバンとテレーザによく言いつけられているのか、不用意にはフェルたちに近付かない。

興味はあるみたいなんだけどね。

そんな状況だから直接俺が呼びに行った。

フェルたちを連れて戻ったら、アイヤとテレーザに手伝ってもらってメロンとスイカを切っていく。

前と同じように、フェルたちの分は皮から外して切り分けて皿に盛ってやった。

「よーし、みんなで試食だ」

メロンやスイカを口に入れた瞬間、みんな「甘い！」と口々に言う。

ロッテちゃんも口の周りをベタベタにしながら夢中で食っている。

甘いもの好きのスイも『これ前に食べたのより甘くておいしー』とご満悦。

フェルとドラちゃんも気に入ったみたいで、無言ながらガッフガッフと口いっぱいに頬張っている。

「どれ、俺も食ってみるか。まずはメロンからだな」

メロンの甘い香りに誘われて、俺もメロンを口にした。

よく熟れて瑞々しく甘いメロンの果肉が口の中で溶けるように消えていく。

「めちゃくちゃ甘いな。これなら確かにこの間のよりも美味いわ」

スイの言うとおり、ネットスーパーで買ったものよりも甘くて美味い。

スイカも食ってみたら、こちらも瑞々しくて甘かった。

俺も含めてみんな極上の甘さのメロンとスイカに大満足だった。

でも、これだけいい出来なんだから、他のも食ってみたいよな。

うーむ……、これはあれの出番だな。

「よし、今日はみんな仕事は休みだ。バーベキューやろう！」

『む、バーベキューとは炭火で焼いた肉だな。あれは美味い。たくさん肉を焼くのだぞ』

『炭火で焼いた肉か。あれ、香ばしいのが美味いんだよなー』

『香ばしいお肉ー！　スイ、いっぱい食べるよー！』

バーベキューの美味さを知っているフェルたちはノリノリだ。

って、肉だけじゃないからね。

今回は野菜を食うためのＢＢＱだから。

「あ、あの仕事が休みって……」

そう言って困惑顔なのはトニだ。

他のみんなも同じように困惑顔。

「みんながんばってくれてるおかげで庭もキレイに手入れされてるし、母屋もキレイだからね。今日1日くらい休みにしてもどうってことないよ」

俺がそう言うと、トニ一家とアルバン一家の面々がちょっと嬉《うれ》しそうにしている。

「警備だって、昼間っから襲ってくるようなバカはいないだろうしさ」

俺がそう言うと、タバサが「ムコーダさんのおかげで厄介な輩《やから》の問題も片付いたしね」と言った。

「そもそもＳランクの冒険者の屋敷を襲うなんてよっぽどのアホしかおらんわい。ましてや、当のＳランク冒険者が居るにもかかわらず襲ってくるような輩は、救いようのないアホの中のアホじゃ」

バルテルがそう言うと、他の警備の連中も「そうだわな」と同意している。

「ということで、今日は休みにしても問題ないな。テレーザとアイヤ、それからセリヤちゃんは、

BBQの準備の手伝い頼むよ」

フェルとドラちゃんとスイに加えてみんなの分となると、肉や野菜を切るだけとは言え大量に用意しなきゃいけないからな。

「あの、私は畑の方を……」

そう遠慮がちに言ったのはアルバンだ。

「それなら、収穫後の苗を引っこ抜いておいてもらえるか？」

「はいっ」

それなら俺らも手伝うと、トニたちや警備の連中も苗を引っこ抜いていく。

すぐに畑は何もない状態になってしまった。

「ムコーダさん、畑にジャガイモを植えていいですか？」

アルバンが言うには、買っておいたジャガイモの中で芽が出てきてしまって食用に適さない物がいくつかあるらしいのだ。

「もちろんだよ。畑の責任者はアルバンなんだから、自由に使ってくれ。あ、それとこれも渡しておくよ」

俺が渡したのは、余っていたレタスやらキュウリやらの種と栄養剤だ。

「い、いいんですか？」

「ああ。だけど、この種から実るのは1代限りらしいからそこだけ気をつけてくれ。それと栄養剤なんだけど……」

栄養剤は入れすぎ注意。

ここにあるジョウロならキャップの半分よりちょっと下くらいでいいと教えた。

「それじゃ、俺たちはＢＢＱの準備だ。アイヤ、テレーザ、セリヤちゃん行こう」

俺は３人とフェルたちを伴って母屋へと戻った。

◇　◇　◇　◇　◇

手分けしてＢＢＱの準備に取り掛かる。

アイヤ、テレーザ、セリヤちゃんに野菜類を切ってもらう。

レタス、キュウリ、トマトは、新鮮なまま生で食うのが一番ということでサラダに。

ナスは皮付きのまま焼いて焼きナスにして、トウモロコシも蒸し焼きにするからそのままだ。

カボチャは大きくて皮が固いから俺が切り分けた。

前ならカボチャを切るのに苦労してたけど、レベルが上がったからなのか力を入れなくてもスパンと切れたよ。

カボチャは種を取って薄切りにして皮ごといただく。

色も濃くて甘そうなので、食うのが楽しみだ。

あとは肝心な肉だな。

「みんな、このブルーブルとオークの肉をこんな感じで切ってもらえるかな」

フェルたちがいるうえに大人数だからね。

3人には大量の肉を切ってもらう。

俺はその間にもう1つの肉を仕込むことにする。

「ロックバードの肉であれを作る！」

残っていたロックバードの肉を全部使って作ることにしたのは、ジャマイカの郷土料理のジャークチキンだ。

美味いって噂《うわさ》を聞いてネットで調べて作ってみたら、これが美味かったんだ。

久々に食いたくなったし、炭火で焼いたらさらに美味くなりそうだしね。

今はいいものが出てて作るのも簡単だ。

まずは、材料をネットスーパーで仕入れる。

レモン、タマネギ、ニンニクそれから味の決め手のジャークチキンシーズニングを購入。

このジャークチキンシーズニングには粉末状のものとドロッとして瓶に入ったものがあるんだけど、味がよく馴染《なじ》むってことで瓶の方がおすすめかな。

ついでにブルーブルとオークの肉につけるロングセラーの馴染みのある焼き肉のタレとＢＢＱコンロに使う木炭も一緒に購入した。

「さて、ジャークチキンを作りますか。と言っても、そんなやることないんだけどね」

まずは、ロックバードの肉にフォークでブスブスと穴を空けたあとにレモン汁を肉に振りかけて馴染ませておく。

あとはすりおろしたタマネギとニンニクとジャークチキンシーズニング、それから手持ちのハチミツを少々入れて混ぜたものをビニール袋に入れて、そこにロックバードの肉を投入して味が染み込むように少し揉《も》んだあと漬け込んでおけば準備完了だ。

「よし、みんなのところに行こう」

大量の食材をアイテムボックスにしまうと、みんなの下へと向かった。

◇◇◇◇◇

「よーし、みんなタレは回ったな」

つけダレの器とフォークは各自持参してもらった。

「ここら辺の肉は焼けてるから、自由にとってタレにつけて食っていいぞ。あとこのカボチャも大丈夫だ。今ちょこっと味見してみたけど、甘いからこのままでもいけるぞ」

フェルとドラちゃんとスイの分の肉を皿に取りながらみんなにそう言った。

「はい、どうぞ」

フェルたちの前にタレをかけた肉を出してやると、嬉々《きき》として食い始める。

『うむ、美味いぞ』

『やっぱり炭火で焼いた肉はウメェな』

『おいしー』

炭火で焼いた肉はやっぱり一味違うよな。

「美味しい！」

「少し香ばしく焼けた肉が美味いな」

「このタレにつけると本当に美味しいね」

トニ一家とアルバン一家は和気あいあいという感じで、肉をつついている。

警備陣はというと、うん、無言のまま肉をかっ食らっているな。

おいおい、そんな急いで食わなくてもまだまだあるからね。

って、よく見ると若干2名泣いてるな。

「おい、肉はやっぱりウメェな……」

「ああ、肉はいい……」

ブルーブルの肉を口いっぱいに頬張り、アホ2人が感動している。

そんなに泣くほど肉好きなのに、2人はやっぱりオーク肉には手を出していない。

この間のことがよっぽどトラウマになったんだな。

ま、今はダメでもそのうちまた食えるようになるだろうさ。

「あ、肉ばっかりじゃなく、みんなこっちのサラダも食えよ。ドレッシングもいろいろ用意したから」

「ムコーダさん、この生野菜にはどれっしんぐというのをかけて食べるんですか？」

「そうだぞ、アルバン。これがゴマドレッシングで、こっちが和風ドレッシング、こっちがフレンチドレッシングだ。俺のおすすめはゴマかな。香ばしい風味で美味いぞ」

「なるほど。それならゴマというのをかけてみます」

そう言ってアルバンはゴマドレッシングをかけたサラダを味わっている。

よほど美味かったのか、女房のテレーザや子どもたちにも食わしてるよ。

やっぱ野菜といやサラダだもんな。

俺もあとで食わないと。

とは言ってもまずは肉が食いたい。

この匂いを前に肉を食わないではいられないよ。

俺は次の肉を網に載せると、よけていた焼けた肉を頬張った。

「うん、美味い。やっぱりタレはこれが一番しっくりくるなぁ」

『おい、肉だ』

『俺も！』

『スイもー』

「はいはい、ちょっと待っててな」

フェルたちに追加で肉を山盛りにして出してやった。

お、ナスが焼けてきたか？

いい具合に焼けている。

焼きナスにするなら皮が焦げるくらいがちょうどいい。

「アイヤ、ここ頼む。みんな肉よく食うからジャンジャン焼いちゃって」

肉を焼くのをアイヤに任せると、アイテムボックスからボウルを取り出してフェルに声をかけた。

「フェル、このボウルの中に氷を出してくれるか？　細かいのをちょっとでいいぞ」

『食っている途中だというのに面倒だな』

「ごめんごめん。焼きナスの皮をむくのに必要なんだよ」

『しょうがないな。ほれ』

ジャラジャラとボウルに氷が溢れる。

「おわっ、多すぎっ」

もったいないので、余分な氷は別のボウルに移してアイテムボックスにしまった。

そして、ボウルに水を入れて氷水にし、その中に焼きナスを30秒くらい浸したら取り出す。

あらかじめナスのヘタの周りには切れ込みを入れてあるので、ヘタの方から皮をむくとスルンとキレイにむけていく。

それを適当な大きさに切って皿に並べ、かつお節とめんつゆをかけたら……。

「焼きナスの出来上がりだ」

みんなに出すと、子ども連中と警備の連中は「うーん」って感じだったけどトニとアイヤ、アルバンとテレーザにはドンピシャだったらしく「美味しいです」とモリモリ食ってくれたよ。

もちろん俺も美味しくいただいた。

焼きナス美味いんだけどねぇ。

そうこうしているうちに、トウモロコシの蒸し焼きもいい感じに。

これは甘くて美味しいと子どもたちに大人気。

コスティ君にセリヤちゃん、オリバー君にエーリク君にロッテちゃん、みんな夢中になってかぶりついている。

意外と甘いもの好きらしいペーターも二本目を確保しつつかぶりついている。

トウモロコシは俺も好きなので追加で網の上へ。

それにしても……。

「ＢＢＱだと酒が飲みたくなるなぁ」

「何、酒だとッ!?」

酒という言葉にドワーフのバルテルが反応した。

「あ、あるのかっ、酒っ」

「飲みたい？」

「当然じゃわい。ここでの暮らしは、冒険者時代の暮らし向きより数倍いいもんじゃが、1つだけ不満がある。酒が十分飲めんことじゃ」

「あれ、バルテルはちょこちょこ酒買い出しに行ってなかったっけ？」

バルテルは休みの日に、酒を買いに街まで行ってるって聞いたんだけどな。

「そりゃそうじゃが、たまには思いっきり飲みたいものよ」

ドワーフだもんねぇ。

「よし、今日は無礼講だ。みんなで飲もうか」

そう言うと大人連中（特に元冒険者の警備連中だな）から雄叫《おたけ》びが上がった。

早速ネットスーパーで缶ビールと子どもたちのジュースを購入。

「子どもはこっちのペットボトルのジュースね。こうやって捩《ね》じるとフタが開くよ。大人はこっちの缶ビール。ここの部分を上に開けて押すと飲み口になるから」

みんなに開け方を見せた。

「じゃ、みんなに行きわたったね。カンパーイ」

「「「「カンパーイ」」」」

ゴクゴク、プハーッ。

ビールが美味い！

「カーッ、美味い！　冷えた酒がこんなに美味いとはなっ。これは肉が進むわい」

「ホント、美味しいねぇ！　この冷えた酒がクーッと喉を通る感覚がたまんないよ」

「美味い酒に美味い肉。最高だな！」

フフフ、そうだろうそうだろう。

だがしかーし、もっとビールに合う肉がある。

もうそろそろ味もしみ込んでいい具合になっているだろうあれだ。

「よしっ、今からもっとビールに合う肉を焼いていくぞ」

土魔法で作ったテーブルの上に置いてあったビニール袋を開ける。

そしてその中にあったロックバードの肉を焼き網の上へ。

途端にスパイシーな香りが辺りに充満していく。

「な、何だ、この美味そうな香りは……」

「何とも食欲をそそる香りだな」

みんなジャークチキンに目が釘付《くぎづ》けだ。

表を焼いて、裏を焼いて。

よし、いい感じに焼けたな。

「どうぞ」

フェルたちの分を皿に盛りながら、みんなにそう声をかけると、みんな嬉々としてジャークチキンにかぶりついた。

「はい、どうぞ」

フェルとドラちゃんとスイの前にジャークチキンを山と盛った皿を出した。

『ほう、いろいろな香りがする料理だな。どれ……、うむ、なかなか美味いではないか。もう少しピリッとしてもいいくらいだぞ』

『お、ちょっとピリッとするけどそれがいい感じの味付けだ』

『ホントだ。ピリッとするけど美味しいねー！』

ジャークチキンはフェルたちにも好評だ。

「ほー、こりゃたまらんな！　この冷えた酒と抜群に合うわい！」

バルテルがゴクゴクとビールを飲んだ後にそう言った。

というか、さっきフェルに出してもらった氷を入れたボウルの中に缶ビールを冷やしてあるんだけど、その冷やした缶ビールを次から次へと開けていって、バルテル1人で飲み干す勢いだぞ。

「ってか、バルテル、おめー1人で飲みすぎなんだよ！」

「そうだそうだ！」

アホの双子から抗議が入るが、バルテルはどこ吹く風だ。

「そんなの早いもん勝ちに決まってるじゃろうが」

そう言いながら缶ビールをさらにまた1本プシュッと開ける。

「うおーっ、またー」

「ハハハ、ほら追加の缶ビールだ。今日は無礼講だって言っただろ。飲め飲め」

そう言って追加の缶ビールを補充してやりながら、俺も2本目のビールを開けた。

「おーっ、ムコーダさん、サイコー！」

「よっ、さすがムコーダさん！」

「ったくお前らは調子いいな。ハハハッ」

『おい、おかわりだ！』

『俺もおかわり！』

『スイもおかわりー！』

「おお、待ってろ」

山盛りに盛ったジャークチキンをフェルたちの下へ。

「いっぱい食えよー」

「俺たちも食うぞー！」

「もちろんだぜ！」

みんなビール片手にスパイシーなジャークチキンに群がった。

やっぱBBQは大勢でやると楽しいなぁ。

# 第八章　肉ダンジョンに行こう

『いい加減にダンジョンに行くぞ』

みんなでBBQをした翌日、フェルが業を煮やして言った一言。

その言葉にドラちゃんもスイも当然反応して押し切られるようにダンジョン行きが決まった。

3対1じゃ圧倒的に俺の方が不利だし。

みんなダンジョン好きだからねぇ。

フェルたちにとっては面白いアトラクションのようなもんなのだろう。

冒険者にとっちゃ命がけなんだけどもさ。

そんなわけでダンジョン行きが決定したわけだけど、どこのダンジョンにってなったときにフェルが真っ先に行きたがったのがブリクストのダンジョンだ。

ここレオンハルト王国の隣国エルマン王国にある難関と言われるダンジョン。

『前に会った冒険者が言っていた隣国にあるという難関のダンジョンがいいぞ。彼奴《あやつ》らから転移石なるものをもらっていただろう』

フェルはいろいろと忘れずに覚えてくれてやがったよ。

エイヴリングのダンジョンで出会ったAランク冒険者パーティーの〝箱舟《アーク》〟の面々からいただい

た30階層の転移石。

これは繰り返し使えるタイプで、30階まではどこの階層でも自由に行き来できるという貴重な代物だった。

そんなこともあって、フェルは真っ先にブリクストのダンジョンの名前を挙げた。

難関だというのもフェルのヤル気を刺激したのは間違いないだろう。

だが、断る！

難関ダンジョンなんてわざわざ行きたくないよ。

聞くところによると、ドランのダンジョンやエイヴリングのダンジョンよりさらに難関だって話なんだぞ。

そんなところは俺としては当然避けたいところ。

ということで、俺としてはもう1つのダンジョンを猛烈にすすめた。

ローセンダールのダンジョン。

通称〝肉ダンジョン〟。

12階層からなり、難易度も低いが、ドロップ品がほぼ肉のみという俺たちにとっては非常においしいダンジョン。

聞いた話では、ローセンダールの街はこのダンジョンのおかげで非常に賑《にぎ》わっているそうだし、ドロップ品が肉ということもあって美味《うま》い飯屋も多いということだった。

それに、何でもこのダンジョンでしか獲《と》れない肉もあるらしいのだ。

肉大好きな面子《メンツ》ばかりそろってるうちにはこれ以上ないくらいピッタリなダンジョンだと思うんだ。

その辺のところを懇切丁寧にプレゼンしたら、ドラちゃんとスイが興味津々で肉ダンジョンの方へと気持ちが傾いてきた。

そして、フェルも『難易度が低いのは面白くないが、そのダンジョンでしか食えない肉というのは一度食ってみたいな』とのことで、なんとか次のダンジョンは肉ダンジョンに決定した。

ここカレーリナの街からはけっこう離れているらしいが、うちの場合はフェルたちもいるし普通に馬車を使うよりは大分早く着けるだろう。

そうとなれば、まずは、うちで働いているみんなへの説明だな。

みんなに集まってもらって、肉ダンジョンへ行く旨を説明した。

トニ一家とアルバン一家が少し不安そうではあったけど、食料や日用生活品などは多めに支給することと報酬は前払いで3か月分を渡すことを話したら少しは安心したようだ。

それと、トニの息子コスティ君に1つ仕事を任せた。

コスティ君は以前、教会でやっていた無料学校に通っていて、読み書きはもちろん簡単な算術ならばできるとのことだった。

そこで、せっけんやらシャンプーやらの在庫管理や、ランベルトさんの店へ卸した数の管理をお願いした。

最初はびっくりしてたけど「大変だろうけど、君が適任だから頼むんだ。がんばるんだぞ」と声をかけると、大きく頷《うなず》いていた。

在庫管理のためにも筆記用具は必要だろうと、使い方を教えてから鉛筆や消しゴムにノートなどの筆記用具一式をコスティ君に渡したらすごく喜んでたな。

それを見てたセリヤちゃんやアルバン一家の子どもたちが羨ましそうにしてたんで、あることを思いついた。

「タバサは確か読み書きと簡単な計算はできたんだよな？」

「まぁ、一応はね。でも、なんだいいきなりムコーダさん」

「いやさ、子どもたちに読み書きと算術を教えてほしいなぁなんて思ってさ」

「エエッ、あ、あたしがかい？」

「ああ。タバサって面倒見がいいし、先生にピッタリだと思うんだけど」

「あ、あたしが、先生……」

「報酬は別に払うし、是非お願いしたいな。読み書き算術ができるようになれば、子どもたちの将来のためになるしさ」

「子どもたちの将来のためか……。そういうことなら受けるよ。上手《うま》く教えられるか分からないけど」

補佐をコスティ君にお願いした。

在庫管理もお願いしてるからいろいろ大変かもしれないけど、在庫管理の仕事の分も含めて報酬として出すと言ったらさらにヤル気になってたな。

「あ、あの、お願いがあるんだ……」

普段物静かなペーターが声を上げた。

話を聞くと、自分も読み書き算術を習いたいとのことだった。

「読み書き算術なんて習わないまま冒険者になっちゃったし……。でも、読み書き算術ができないと、不便なことも多くて……」

依頼書なんかも読んでもらったり、何か書くときも代筆を頼んだりしなきゃいけないし、特に困るのが買い物でおつりを誤魔化されることだという。

自分ではすぐに気付かないし、後になって気付いて文句を言っても、店は知らぬ存ぜぬをとおすだけ。

そのときには既に時間も経《た》っているし、証拠もないから、結局うやむやに終わってしまうそう。

そんな店あるのか？　と思ったら、聞いてみるとこれがけっこうあるんだそうだ。

「人の顔見て学がなさそうだと思うと、平気で誤魔化す奴《やつ》いるんだよなぁ」

ルークが顔を顰《しか》めてそう言った。

「そうそう。その場で気付いて間違ってるぞって言うと、あっちは『間違えました。すみませんねぇ』で終わりだもんな。あくまでも故意じゃありませんよって言い分だぜ」

アーヴィンがルークと同じように顔を顰めて続けてそう言った。

「ああ、あんたたちは算術のときはコスティと一緒に助手をしてもらうからね。そんで、読み書きのときはみんなと一緒に勉強だよ」

「ハァッ!?」

「何でだよッ!?」

タバサの爆弾発言にルークとアーヴィンが動揺している。

「だってあんたたち金勘定はできても読み書きはあやふやだろ。特にあんたたちの書いた字! 汚くって誰も読めやしないよ。大人になってからも勉強する機会が与えられたんだよ、文句言うんじゃなく幸せに思いな」

ルークもアーヴィンも自覚はあったらしく、タバサに「字が汚い」と言われて「グゥ」と呻《うめ》いてたよ。

「あっ、あのっ……」

声を上げたのはトニだった。

「わ、私たちも、その、読み書き算術は教えてもらえるのでしょうか?」

「ん? トニたちも?」

「はい、私たちは読み書きも算術もできないので、習えるならば是非習いたいんです」

話を聞くと、トニとアイヤは、自分たちの名前くらいは書けるけど、それ以外は読み書きも算術もできないそうだ。

そもそも読み書き算術自体習ったことがないそうで……。

ちゃんとした学校は貴族や金のある商人の子どもが行くところだし、今でこそ教会の無料学校が都市部にはポツポツとできているが、トニやアイヤの子どものころはそんなものはなかったっていうしね。

それに、教会の無料学校というのも、話を聞くと週に数時間読み書き算術を教えるところというから、塾に近い感じみたいだし。

こんな感じで、識字率も高くないし、トニとアイヤが読み書き算術ができないというのも珍しくもないか。

トニとアイヤは読み書き算術ができなくて、困ったことや損したことも多々あったから、息子のコスティ君を無料学校に行かせたそうだ。

本当ならセリヤちゃんも無料学校に行かせたかったけど、アイヤが病気になってそれどころではなくなってしまったようだ。

「あのっ、私たちも是非！」

そう声を上げたのは、今度はアルバンとテレーザだった。

村生まれで村育ちの２人に学ぶ機会などなく、読み書きも算術もできない。

村で読み書き算術ができたのは、村長と村長の息子だけだったそうだ。

金のやり取りや大きな契約で書面が必要なときなどは、村の者はみんな村長と村長の息子を頼っていた。

でも、アルバンやテレーザの中には、これで本当に合っているのかという思いがいつもあったそうだ。

村長や村長の息子を信じていないわけではなかったが、どうしてもその思いは消えなかったという。

そりゃやっぱり自分で確認したわけじゃないからねぇ。

そんなわけで、アルバンとテレーザも学ぶ機会があるのなら是非読み書き算術を学びたいとのことだった。

「年齢関係なく、学びたい人はみんな習うといいよ。タバサ、人数多くて大変かもしれないけど、よろしく頼むよ」

「もちろんだよ。トニ夫婦にもアルバン夫婦にも世話になってんだから」

読み書き算術が学べることが分かって、トニもアイヤもアルバンもテレーザも嬉《うれ》しそうだ。

「そこで知らんふりしてるバルテル。あんたにも手伝ってもらうよ！　年の功で読み書き算術はあんたもバッチリできるの知ってるんだからね！」

「な、何で儂《わし》がっ。儂は人に教えたことなんぞないわい！」

急にお鉢が回ってきたバルテルが慌てている。

「あたしだってそんなのないよ。でも、やるんだよ！」

「無理じゃって！」

……対ドワーフにはこれが抜群に効くだろう。

そう思って、ネットスーパーでパパッとそれを購入。

「バルテル、これを」

バルテルに茶色い液体の入ったコップを渡した。

「酒か。何じゃ急に酒など。出された酒は当然飲むがな」

コップに入った酒を一気にあおるバルテル。

そして……、カッと目を見開いた。

「な、何じゃ、この酒はッ!?」

フハハハハハ、それは、対ドワーフ用秘密兵器です。

BBQコンロを作ってもらうときにも一役買った、ネットスーパーで買ったお手ごろ価格の日本のメーカーの四角い瓶のウイスキー。

「バルテルへの報酬は、金よりこれの方がいいだろう？」

俺がそう言うと、バルテルが目の色を変えた。

「こ、この美味い酒がもらえるのかっ？　やるっ、そんなら助手でもなんでもやるぞい！」

はい、ドワーフ落ちました。

「なぁ、その酒ってそんなに美味いのか？」

ルークとアーヴィンが興味津々だ。

「2人も飲んでみるか？」

そう聞くとコクコクと何度も頷いた。

コップにウイスキーを注いで2人に渡した。

ゴクリ――――。

「ウェーッ、な、何だこれっ、喉が焼けるーっ」

「グーッ、こ、こりゃ酒精強すぎだろっ」

ルークもアーヴィンもアルコールの強さに顔を顰めている。

「へッ、この酒は酒精が強いのがいいんじゃろうが。それに独特の香りと味わいもある。儂が今まで飲んできた酒の中じゃ一番じゃぞっ」

「こんなのはドワーフしか飲めねぇってんだよ」

「そうだそうだ」

「ハッ、それでいいんじゃわい。こんな美味い酒は儂だけが飲むんじゃっ」

言い合いをし始めた3人を宥《なだ》める。

「まぁまぁ。で、バルテルへの報酬はこの酒でいいんだよね？」

「うむ。この酒がいいぞい」

「1か月2本でどうかな？」

「もう一声っ」

「じゃあ、3本」

「ムコーダさん、後生じゃからっ」

「もうダメだよ。1か月3本。他のみんなの報酬との兼ね合いもあるしね」

そう言うとバルテルはちょっとガッカリしていたが、その後は美味い酒が飲めるのは確定したのでニヤついていた。

「あっ、ムコーダさん、今気付いたけど、みんなで勉強してるときは警備の方どうしたらいいんだい？　結局これには、みんな参加ってことになるだろう？　週2、3回とは言え、その間は誰も見回りがいないってことになるけど」

「ああ、それについては大丈夫だよ」

実を言うと、前々から警備強化のための魔道具を設置することは考えていたんだ。

ギルドマスターからその魔道具の情報も得てるし、俺たちが旅に出る前に設置しておこうと思う。

その旨言うと、タバサも安心したようだ。

「じゃ、そういうことだから。旅の準備なんかもあるし、多分3日後くらいにローセンダールに向かうことになると思うから、よろしくね」

最後に、コスティ君に渡したのと同じ筆記用具一式をみんなにそれぞれ渡したらすっごい喜んでたよ。

◇◇◇◇◇

家の者たちにダンジョンに行くことを告げてからは、いろいろと忙しかった。

まずは、警備強化のための魔道具を設置してもらった。

何でも簡易結界を応用した魔道具で、要は警報装置みたいなもんだ。

設置も含めて〆て金貨850枚かかったけど、必要なことだからね。

そのあとはランベルトさんへ知らせなければと、店へ行くとランベルトさんは既に王都へ出発したあとだった。

奥さんのマリーさんによると、いつもの倍の冒険者を護衛につけて意気揚々と王都へと向かったそうだ。

「主人から聞きましたが、今回のお話は店を大きくするチャンスでもあるってはりきっていたんですのよ」

マリーさんが笑顔でそう言っていた。

まぁ、伯爵様の紹介で、他の有力貴族に【神薬　毛髪パワー】を売り込むんだから、商人にとっちゃ大きなチャンスか。

販売の方はランベルトさんに全面的にお任せだから是非ともがんばってほしいところだ。

マリーさんには、ローセンダールのダンジョンに向かうことを告げて、コスティ君を紹介しておいた。

コスティ君にはせっけんやらシャンプーやらのことは全部任せてあるから、店の商品が足りなくなったときなどは彼に言ってもらうようお願いした。

代金の方は、商品を卸す度に、俺がランベルトさんの店でワイバーンのマントをオーダーメイドで注文したときにもらったような木札を発行して、俺が街に戻ったときに精算するということで話がついた。

それから、冒険者ギルドにも行ってギルドマスターに報告したよ。

ギルドマスターからは「もう少しこの街でゆっくりしていってもいいだろう」って引き止められたけど、フェルたちがダンジョン行きたいモードになっちゃってるからね。

ダンジョン行きは決定事項で長くても3か月以内には戻ってきますからって伝えたら「ま、しょうがねぇか」とかボヤいてたよ。

あと、ヨハンのおっさんには申し訳なかったけど、なるべく肉を確保しておきたいってことで超特急で解体をお願いしたよ。

家のみんなの食料として、オーク×5、ブルーブル×5、コカトリス×5、ブラッディホーンブル×1、ロックバード×1を手持ちの分から出したし。

もう少し渡しても良かったんだけど、アイヤとテレーザに止められた。

俺も3か月以内には戻ってくるつもりだけど、その間の大切な食料だし、少ないよりは多い方がいいと思ったんだけど2人からしたら「多すぎです！」ってことらしい。

マジックバッグも貸してあるし、腐るわけじゃないからいいと思うんだけど。

その肉の分が減ったこともあって、ヨハンのおっさんにはがんばってもらったよ。

ヨハンのおっさんには、肉ダンジョンで獲《と》れた肉でもお土産に持ってこようと思う。

アイヤとテレーザには、肉の他調味料にパンに卵に牛乳なんかも多めに渡したし、小麦粉やら野菜類やらも一緒に買いに行って多めに確保してある。

足りなかった場合を考えて、食費として少し金も渡してあるし、これで飢えるような心配はないだろう。

生活していくうえで何が一番辛《つら》いかって言ったら、ひもじいのが一番だからねぇ。

そんなことにならないように最大限配慮したよ。

他にもみんなには3か月分の日用雑貨品を渡したし、報酬も前払いとして渡したから大丈夫だろう。

ローセンダールの街はここからけっこう遠いってことだから、旅の間の飯もたっぷりと多めに用意して……。

デミウルゴス様にもご報告して、早めのお供えを送っておいた。

今回は2週間分ということで、前に献上した日本の首相がアメリカ大統領に贈った山口県の酒の飲み比べ3本セットと海外で最も注目されている日本酒だと言われている愛知県の酒の飲み比べ3本セットとブランデーを贈った。

ワイン、ラムときたから、今回はブランデーをと思ってな。

ブランデーの基本とも言える酒でマイルドな味わいで初心者でも比較的飲みやすいブランデーを選んでみた。

それとももちろん今回もプレミアムな缶つまだ。

そんな感じで大急ぎで旅の準備をしてダンジョン行きを決めてから3日、ようやく準備が整った。

◇◇◇◇◇

家のみんな勢ぞろいで俺たちを見送ってくれている。

「ムコーダさんたちなら心配ないと思うけど、気をつけて」

「タバサもお願いな。この中で一番頼りになりそうなのはタバサなんだからさ」

「分かってますよ。ムコーダさんの留守中は任せてください」

タバサに任せとけば何かあっても大丈夫だろう。

「肉ダンジョンだろ？　肉、期待してますぜ」

「あそこのダンジョンの肉、美味いもんな」

双子はニヤつきながらそんなことを言ってるし。

「美味《おい》しいお肉！　お肉大好き！　ロッテも食べたい！」

双子の言葉に反応したロッテちゃんがピョンピョン飛び跳ねている。

「ハハハッ、お土産持って帰ってくるからなー」

お肉大好き肉食系幼女のためにもいっぱいお土産持ち帰ってきますかね。

「それじゃみんな、行ってくるから」

「「「「行ってらっしゃいませ」」」」

「フェル、ドラちゃん、スイ、ローセンダールの街へ出発だ！」

『うむ』

『おう』

『ダンジョンー！』

俺たち一行はローセンダールの街、通称〝肉ダンジョン〟へと向けて出発した。

# 番外編　温泉に行こう！

「フ〜、気持ちいいなぁ」

『だなぁ』

『きもちー』

ドラちゃんとスイとともに家の風呂に入ってまったり。

浴槽の壁に背を預けて、手足をだらりと伸ばして目を瞑《つぶ》る俺。

ドラちゃんとスイも気持ち良さそうに湯にプカプカ浮いている。

ちなみに本日の入浴剤は、ネットスーパーで見つけた温泉の素。

乳白色でちょっぴり硫黄の香りがする肌にしっとり馴染《なじ》む湯になった。

家の風呂でもお手軽に温泉気分だ。

しかしなぁ……。

「これも悪くはないけど、ちゃんとした温泉に入れたらもっと気持ちいいだろうに」

思わずそう漏らすと、プカプカ浮いていたドラちゃんとスイが俺の方へと泳いで寄ってきた。

『温泉？』

『あるじー、おんせんってなぁに？』

「温泉っていうのはね、地面から温かいお水が湧き出ている天然のお風呂のことだよ」

『わぁ〜、そんなお風呂あるのー？　スイ、入ってみたいなぁ』

「こっちにはあるのかなぁ？　ドラちゃん、聞いたことある？」

『地面から湧き出てる温かい水かぁ。うーむ……』

俺の肩につかまり、目を瞑りながら考え込むドラちゃん。

『……あ！　そういや昔、たまたま出会った同族から、そんな場所があったって聞いた気がするな』

パチンと目を開けて、ドラちゃんが思い出したようにそう言った。

「え？　こっちにも温泉あるの!?　どこどこ？」

俄然《がぜん》興味が湧いた俺は、興奮気味にそう聞きながらドラちゃんの腕の下に手を入れて持ち上げた。

『どこだったかなぁ〜、うーん………』

思い出そうとまた考え込むドラちゃん。

しかし……。

『ダメだ、思い出せねぇ！』

ドラちゃんがそうきっぱりと言い切った。

「そんなぁ〜」

こっちの世界でも温泉に入れると期待していただけにガックリ。

『そんなこと言ったってしゃーないだろぉ。思い出せないんだからよー。だいたいその同族と会ったのだって、大分前の話なんだからな』

そう言って拗《す》ねるドラちゃん。

「ハハッ、ごめんごめん。まぁ、どうしてもってわけでもないし、あったらいいなぁくらいのもんだよ。温泉って気持ちいいからさ」

『そんなに気持ちいいのか？』

「ああ。やっぱり天然温泉は家の風呂とは違うよ」

『そうなんか。お前がそこまで言う温泉っての気になるなぁ。うう～、何で思い出せないんかな、俺』

そう言って、コツコツと自分の頭を叩《たた》くドラちゃん。

「まぁまぁ、思い出せないものはしょうがないよ。それにさ、こういうことは、うちで一番のご長寿に聞いた方がいいでしょ」

『『ご長寿～？』』

「そ。1000歳超えのご長寿がうちにはいるじゃん」

俺のその言葉で合点《がてん》がいったらしいドラちゃんが『ああ～』と大きく頷《うなず》いた。

『フェルおじちゃん～』

スイも分かったらしい。

「そ。風呂から上がったら、フェルに聞いてみようぜ」

知らないことは、この世界を長く生きる１０００歳超えのフェルに聞くのが一番だよ。

『それが一番か。お前の言うとおり、確かにフェルなら知ってそうだもんな』

「そういうこと」

『フェルおじちゃん知ってるといいねぇ～』

「そうだなぁ、スイ」

そうまとまって、俺たちは再びまったりと風呂を楽しんだ。

◇　◇　◇　◇　◇

「あ～、気持ち良かった」

『気持ち良かったなー』

『きもちかったね～』

ゆっくりと風呂を堪能《たんのう》した俺とドラちゃんとスイ。

ドラちゃんとスイは風呂上りの習慣になりつつある、フルーツ牛乳をグビグビと飲んでいる。

風呂上りではないけど、フェルも一緒にフルーツ牛乳を楽しんでいるよ。

俺はというと、最近、風呂上りにはミネラルウォーターと決めている。

ゴクゴクとミネラルウォーターを飲み干して、ホッと一息ついた。

「そうだ。フェルに聞きたいことがあるんだけどさ、温泉って知らない？　地面から温かい水が湧き出ているような場所なんだけど」

『温かい水が湧き出ている場所だと？　何故《なぜ》そんなことを知りたいのだ？』

「そこは温泉って言ってな、そのお湯にはいろんな効果があるんだぞ。湧き出ているお湯によって効果は違うけど、疲労回復とか傷や皮膚炎なんかに効いたりするんだ。何より入ると気持ちいいしね」

『入るって、要は風呂か』

「まぁね。そういう場所、知らないか？」

『うーむ……』

フルーツ牛乳を飲み終わり、ペロリと口の周りを舐《な》めてから考え込むフェル。

『む、そういえば、山の麓にそういう場所があったな』

『おお～、お前の言うとおりやっぱりご長寿は知ってんな』

『ごちょうじゅ～』

「こ、こらっ」

ドラちゃんもスイもフェルの前では言わないの。

『おい、ご長寿とはどういうことだ？』

胡乱《うろん》な目を俺に向けるフェル。

「いや、そのな、フェルは１０００歳以上なわけじゃん。だから、ご長寿っていうのもあながち間違ってるわけじゃないしさ……」

『我が年寄りだと言いたいのか？』

「い、いや、別にそういうわけじゃなくてな」

『そういうわけじゃないなら、何なのだ？　んん？』

そう凄《すご》みながら、フェルが俺に顔を寄せてくる。

『まぁまぁまぁまぁ、そのくらいにしておいてやれよ。それよりも、温泉の話だ』

『おんせん～。スイ、温泉入りたい～』

『フンッ、我を年寄り扱いするからだ。断じて我は年寄りなどではないんだからな！』

「ハ、ハハッ、分かったって。ドラちゃんが言うように、温泉の話の続き」

『温かい水が湧き出ている場所だったな。さっき言ったとおり、山の麓にそういう場所があるのを何回か見たことがある』

さすがというか、やっぱり長生きしているだけフェルが物知りなのは間違いないよ。

「そうそう、それそれ。温泉って山の近くに湧いていることが多いんだ」

『ふむ。しかし、お主が言うように、風呂のように入るとなると、西にある山の麓か東にある山の麓にあるもののどちらかだろう』

フェルが言うには、他のところは湯量が少なかったり、その周りの草木が全部枯れ果てているような明らかにヤバイ感じのなんだそうだ。

「西か東か、か」

冒険者にボッタクリでつかまされた苦い思い出の残る懐かしの地図。

それをアイテムボックスから取り出して広げた。

「西っていうと……、ゲッ、まさかルバノフ神聖王国とかガイスラー帝国じゃないだろうな？」

地図を見ながら顔を顰《しか》めてそう言うと、フェルが覗《のぞ》き込んでくる。

『どこの国かは知らんが、海からもそんなに遠くなかったぞ』

「海からそんなに遠くないっていうと、海に面しているガイスラー帝国っぽいね。マルベール王国かもしれないけど……」

『それはないな。お主が見ているそれによると、マルベール王国というのは、魔族のいるところに面しているのだろう？』

「ああ」

『そっちからは大分遠い場所だったはずだ』

「ならその西の山の麓の温泉ってのは、ガイスラー帝国で間違いなさそうだな。それならば西は却下だな」

ガッチガチの独裁軍事国家なんぞ行きたくもないしね。

「そうなると、東一択だな。フェル、東の山の麓の温泉ってどの辺りなんだ？」

『そちらも海からそんなに遠くなかったはずだ。何せ翌日には海に出てシーサーペントを食った記憶があるからな。あれはなかなかに美味《うま》かった』

フェルは目を瞑りながらシーサーペントの味を思い出しているようだ。

というか、涎《よだれ》が垂れそうになっているぞ、フェル。

「東で海から近いとなると、ここレオンハルト王国かエルマン王国だな。うんうん、いいんじゃないの」

この国なら安定しているから安心だし、エルマン王国もこの国の同盟国で同じく安定安心の国。

「よし、その東の山の麓にある温泉に行こう」

『よっしゃ、温泉だ！　楽しみだぜ～』

『おんせん、スイも楽しみ～』

『ぬ、行くのか？　我はそんなものよりも海で美味い物を食いたいのだがな』

「あーはいはい、海も近いんだったね。温泉に入ってからならいいぞ」

『むぅ、そちらが先か。まぁいい。その代わり、海に行ったら、美味い物を食わせるのだぞ』

「分かってるよ。海の幸尽くしといこうじゃないか」

中央よりの国境に近いここカレーリナの街からは、ちょっと遠そうではあるけど、急ぐ旅でもないし、ゆったり景色を楽しみながらっていうのも乙なものかもね。

温泉に海の幸か、いい旅になりそうだ。

◇　◇　◇　◇　◇

ようやくフェルが止まった。

『着いたぞ』

そろりとフェルの背から降りて、俺はその場に座り込んだ。

「や、やっと着いた……」

『お主、いい加減に慣れろ』

『ホントだぜ。何回フェルに乗ってんだよって話』

『あるじー、大丈夫～？』

ぐぬぬ、心配してくれるのはスイちゃんだけだよ。

それにな、これでも大分慣れた方なんだ。

だけど、だけどさぁ……。

「フェルは走るのがいっつも速すぎるんだよ～……」

『何を言うか。いつもお主が文句を垂れるから、これでもお主に合わせたんだぞ。本来なら3日もあれば十分にたどり着けるというのに6日もかかってしまったわ』

いかにも不本意という感じでそう言うフェル。

「だから、最初っからそれが間違ってるんだって。俺、言ったじゃん。急ぐ旅でもないから、景色でも楽しみながらゆっくり行こうってさ」

『フン、景色など見てどうするというのだ』

「どうするって、キレイだなぁとかいろいろ感じることがあるだろう」

『ないな。ドラはどうだ？』

『いや～、その感覚は分かんねぇな』

ハァ、まったく情緒のないヤツラだなぁ～。

ともかく……。

よっこらせと立ち上がる。

そこは、ゴツゴツとした岩場が広がり、その先には山が聳《そび》え立っていた。

そして、少し先に白い煙が立ち昇っているのが見える。

「あれか？」

見えた白い煙の方へと歩み寄った。

「おお～雰囲気あるじゃん」

剝《む》き出しの岩に囲まれた窪地《くぼち》に溢《あふ》れる湯は無色透明の澄んだ色をしていた。

滾々《こんこん》と湧き出る温泉によって、自然と窪地ができて溜《た》まるようになったのだろう。

そこから溢れた温泉は、下方へと流れて小川を作っていた。

『ねぇねぇあるじー、これが温泉？』

「そうだよ」

『わーい、入る入る～』

温泉が気持ちのいいものだと聞いていたスイは、そう言うと、いきなり温泉にダイブした。

「ちょっ、スイ！　温度を確かめてからだよ！」

俺の言葉も間に合わず、スイは温泉の中へ。

チャッポン――――。

『ふは～、きもちー』

スイは気持ち良さそうに温泉にプカプカと浮いていた。

「え、熱くないの？」

『ちょうどいいよ～』

『なに？　俺も入るぞ！　とうっ』

「ちょちょちょっ、ドラちゃんまで!?」

ジャブン――――。

スイの言葉を聞いて、ドラちゃんが湧き出す温泉に飛び込んだ。

『フッハ～、こりゃ最高だわ～』

スイ同様、気持ち良さそうに温泉にプカプカと浮くドラちゃん。

「え、大丈夫なの？」

ドラちゃんとスイの実に気持ち良さそうな様子に、おそるおそる手を温泉につけてみた。

「……ちょい熱めだけど、これくらいなら全然大丈夫だ。なんだイケルじゃん」

そうと分かれば、俺も入るしかないでしょ。

パパパッと服を脱いで簡単に畳んだら、当然……。

ザブン――。

「フハ～、気持ちい～」

天然温泉に浸《つ》かると、凝り固まっていた筋肉が解《ほぐ》れていくのが感じられる。

「異世界の温泉もいいものだなぁ～」

『きもちーね～、あるじー』

『この温泉っての、お前の言ったとおりめちゃくちゃ気持ち良いなぁ～』

「『『ふは～』』」

温泉を堪能する俺とドラちゃんとスイ。

ふと、そういえば異世界の温泉って効能的にはどうなんだろうと興味が湧いて、鑑定をしてみた。

すると……。


【ザヴァディルの湯】

ザヴァディル山の麓に湧く温泉。魔力水素温泉。無色透明。飲用可。
効能：疲労回復、筋肉痛、肩こり、胃腸炎、切り傷、やけど、皮膚病、魔力回復（微）

「んん？　魔力水素温泉？」

さすが魔法がある世界の温泉だ。

魔力ときたか。

効能も疲労回復とか筋肉痛、肩こり、胃腸炎、切り傷、やけど、皮膚病は普通だけど、魔力回復（微）とはねぇ。

どれくらい効果があるのかは謎だけど。

ま、気持ちいいからいいけどさ。

「そうだ、フェルも入ったらどうだ？　温泉なんて滅多に入れないぞ」

『気持ちいいぞ～、温泉』

『フェルおじちゃん、きもちーよー』

俺に同意するようにドラちゃんとスイも気持ちいいと勧めるが、当のフェルは嫌そうに顔を顰める。

『入らん。お主らだけ入っていればいいだろうが』

「えー、ここの温泉は魔力水素温泉って言って、魔力も回復するらしいぞ。効果は（微）だけど」

『フン、そんなものに浸かるより、寝た方が余程回復するわ。それにな、回復しなければならないほど魔力を使っとらん』

そう言うと、フェルは避難とばかりに、温泉から少し離れた場所に寝そべってしまった。

『温泉、気持ちいいのになぁ～』

『なぁ～』

『ね～』

「『『はふ～』』」

俺とドラちゃんとスイは、ダラリと力を抜いて温泉に身を任せたのだった。

◇　◇　◇　◇　◇

「いい湯だったなぁ～」

『温泉、最高だな！』

『とってもきもちかった～』

ゆっくりと温泉を堪能し、それでも惜しみつつ湯から上がった俺とドラちゃんとスイ。

体の芯から温まってポッカポカだ。

『湯上りに飲むいつものアレくれよ』

『スイも飲むー！』

「はいはい、フルーツ牛乳だね」

『おい、我も飲むぞ』

いつの間にかやって来たフェルもちゃっかりフルーツ牛乳を要求してくる。

「へいへい、フェルもね」

いつものようにネットスーパーを開いて、フルーツ牛乳を購入した。

それから……。

「うーむ、今日はミネラルウォーターじゃなく、あれいっちゃうかな。昼間だけど、たまにはいいよね。ポチッとな」

手続きを済ますと、いつものように段ボール箱が現れる。

「よーし、キタキタ」

早速段ボール箱を開けて中の物を取り出した。

「フルーツ牛乳と俺用のビール～。どっちもいい具合に冷えてるじゃん」

アイテムボックスからフェルとドラちゃんとスイの深皿を取り出して、フルーツ牛乳を注ぐ。

「はい」

それぞれに出してやると、美味そうに飲み始める。

『ク～、冷たくて美味い！　やっぱり湯上りにはこれだなぁ～』

『冷たくって美味《おい》しい～』

『湯上りでなくとも、普通に美味いがな』

フェル、一言余計だよ。

湯上りだからこそ、こういうものはより美味く感じるの。

もちろん、俺のビールもな。

ということで、俺も。

プシュッ、ゴクゴクゴクゴク――――。

「プハ～、美味い！　湯上りのビールって何でこんなに美味いのかね～」

俺が選んだのは、キレがあるビールといえばこれだろというビール。

湯上りということで、キレがあってサッパリした味わいに定評があるこのビールにしてみたんだけど……。

「正解だわ～、このビールにして。湯上りに最高！」

ゴクゴクとすぐに一缶飲み干してしまった。

「もう一本といきたいところだけど、まだまだ陽も高いことだし、ちょっと物足りないくらいで止めておくのが吉だろう」

ともすればもう一本に手が出そうになる自分に言い聞かせる俺だった。

『おい、いい加減に腹が減ったぞ。早く飯を作れ』

「もうそろそろ言うと思ったー。昼飯時、とうに過ぎてるもんなぁ」

『温泉に夢中になってたけど、そういやそうだな。思い出したら腹減った』

『スイもお腹《なか》ペコペコ～』

『そういうことだから早く飯にしろ』

そう言ったフェルの腹の虫が俺を急《せ》かすように『グ～』と鳴いている。

「ハハッ。俺も腹減ったし、すぐ作るよ。それに、今日はいいもの準備してきたしね」

そう言って、俺はアイテムボックスからドランで作ってもらった特製ＢＢＱコンロを取り出した。

山の麓にある温泉って聞いてたから、アウトドア感満載の場所だろうと思ってさ。

それならＢＢＱやるしかないよねと思って、ちゃんと準備してきたんだよ。

肉の仕込みも万全。

野菜はほぼ俺しか食わないから、自分の食いたいものを適当にね。

まずは、炭をおこして火力が安定していい具合になったら……。

「よし、準備ＯＫ」

特製ダレに漬け込んでいた肉をアイテムボックスから取り出す。

一つめは、オークの肉を適当な大きさに切って（ほんのちょい厚めがベスト）、醤油《しょうゆ》、砂糖、酒、おろしニンニク、おろしショウガ、コチュジャン、白ごま、ごま油に隠し味のりんごジュースを混ぜたタレに漬け込んだもの。

二つめは、コカトリスの肉を適当な大きさに切って、ケチャップ、ウスターソース、醬油、ハチミツ、おろしニンニク、粒マスタードを混ぜたタレに漬け込んだもの。

三つめは、ブラッディホーンブルのスペアリブだ。ショウガを入れて下茹《したゆ》でして、肉もホロリと取れるようにしてある。フェルたちは骨ごとバリバリ食っちゃうけど、主に俺のためにね。

骨ごとに切り分けて切れめを入れたあとに下茹でしたスペアリブを、マーマレード、ケチャップ、醬油、酢、おろしニンニクを混ぜたタレに漬け込んだもの。

どれもデカい袋に入れて漬け込んである。

肉大好きの食いしん坊トリオのことを考えて、それをいくつか用意した。

それぞれの肉を漬け込んでいた袋から取り出して、焼いていく。

網の上に載せると、ジューッと肉が焼けていく音が。

そして、香ばしい肉の匂いが立ち昇っていく。

『ま、まだなのか？』

『もう我慢できねぇよ』

『あるじー、お肉まだー？』

肉の焼ける音と匂いで辛抱たまらん状態の食いしん坊トリオ。

「今焼き始めたばっかりだから、もうちょっと」

肉が焼き上がるのを今か今かと待ちわびて、ＢＢＱコンロの網の上の肉を凝視しているよ。

もう少しもう少し。

焼き加減を見ながら、トングを使ってひっくり返していく。

そして、しばし焼いて……。

「よし、このオークの肉とブラッディホーンブルのスペアリブはいいぞ」

そう言いながら、みんなの皿に肉を山盛りよそっていく。

待ち構えていた食いしん坊トリオは、待ってましたとばかりにガツガツ頬張っていった。

オークの肉とブラッディホーンブルのスペアリブの第二陣を網に載せたら、俺も食うかとブラッディホーンブルのスペアリブにかぶりついた。

「うっま～。甘めのタレに、この焦げ目がたまらんわ。それに下茹でして正解だった。骨からホロホロ取れるし、下茹でして火は通ってるから、焼くのにも時間かからないし」

ペロリと一本完食。

「オークの肉はどうかな？」

和風のＢＢＱダレに漬け込んだオークの肉をパクリ。

「こっちも美味いなぁ～」

醤油ベースの和風ダレに漬け込んだ肉がマズいわけがない。

「あ～、ビールが飲みてー」

ビールが飲みたくなる味の連続に思わずそう口に出る。

『おい、そんなに飲みたければ飲めばいいだろう。そんなことより、次の肉だ』

俺の独り言を聞いていたらしいフェルの突っ込みと肉の催促が。

さっき一本飲んだばっかりだから我慢してるっていうのに。

ぐぬぬぬ。

『おい、肉』

「はいはい、分かりました」

フェルの皿に、焼き上がったコカトリスの肉、そして第二陣として焼いたオークの肉とブラッディホーンブルのスペアリブを山のように盛りつけてやった。

それを見て、フェルは満足気な顔ですぐさま肉にかぶりついているよ。

『おい、俺にも次の肉くれ！』

『スイもー！』

フェルに続けとばかりに、ドラちゃんとスイからもおかわりの要求だ。

苦笑いしながら、ドラちゃんとスイの皿にもフェルと同じように肉を山盛りにしてやったよ。

「ＢＢＱになると食い込みいいよなぁ、みんな」

ま、炭火で焼く肉の香ばしい匂いと味じゃあそうなるのも分かるけどさ。

そう思いながら、俺も焼き上がったコカトリスの肉にかぶりつく。

「これも美味いな～」

ビールが欲しくなるけれど、ここは我慢。

と思ったけど……。

「昼間にアルコール飲むと思うから罪悪感があるんだよな。それならば、ノンアルコールビールにすりゃあいいんだよ」

ということで、ノンアルコールビールを飲みながらＢＢＱを楽しむ俺。

『おい、次の肉だ』

『俺も！』

『スイももっとお肉ー！』

「はいはい」

俺とフェル、ドラちゃん、スイの食いしん坊トリオは、大量に漬け込んだ肉がなくなるまで存分にＢＢＱを楽しんだのだった。

◇　◇　◇　◇　◇

温泉が大いに気に入った俺とドラちゃんとスイの希望で、結局その場に2泊。

その後にフェルが期待していた海へとやって来たのだが……。

「大荒れだな……」

大荒れの天候で、海岸にも近寄れない状態だった。

フェルの結界で、俺たちは一切濡《ぬ》れないけれど、あれに近寄るのは勘弁してほしい。

『我なら大丈夫だ』

「いやいやいや、フェルは大丈夫でも俺が大丈夫じゃないからね」

『俺も、こんな天気じゃあやめといた方がいいと思うぞ』

大荒れ模様の天気にドラちゃんも援護射撃をしてくれる。

「ほら、ドラちゃんもこう言ってるしさ」

『むぅ、シーサーペントはどうなる？』

「また今度海に来たときでいいじゃない。帰ろう、な」

『ぐぬぬぬぬ、今回の旅はお主らが楽しんだだけではないか』

「それを言われるとなぁ。でも、温泉でのＢＢＱとかは、フェルも楽しめたんじゃないの？」

『ま、まぁ、あれは悪くなかった』

「だろ。あの温泉気に入ったから、また来たいしさ。海の幸はそのときの楽しみにしようぜ」

『スイもまた温泉入りたい！　そしてね、またお肉いっぱい食べるの～』

「ハハ、そうだな、スイ」

『フン、約束だからな。またこの地に来るぞ』

「はいはい、分かってるよ」

## あとがき

江口連《えぐちれん》です。「とんでもスキルで異世界放浪メシ　8　石窯焼きピザ×生命の神薬」をお買い上げいただき、誠にありがとうございます！

8巻ですよ、8巻。オーバーラップ様から1巻を2016年11月に出していただいて、ついに8巻までできました。このシリーズがここまでこられたのも、読んでいただいている読者の皆様のおかげだと本当に感謝しております。

8巻は、7巻からの続きでカレーリナの街での話がメインとなりますが、ムコーダが思い付きでとんでもないものを作り出してしまったりとエピソードが盛りだくさんです。

作者的に書いていて楽しかったので、皆様も楽しんでいただければ嬉《うれ》しいです。

そしてそして、8巻ではなんとドラマCD付き特装版が発売されます！　5巻に続いてドラマCD第2弾です！

今回もこのために書き下ろしたものなので、是非是非ドラマCD付き特装版の方もよろしくお願いいたします。

前回から引き続きの豪華声優陣様にドラちゃん役の声優様も加わり、さらに聞き応え抜群の仕上がりになっておりますので、是非ともこちらも楽しんでいただければなと思います。

そして、本編コミック5巻とスイが主役の外伝「スイの大冒険」の3巻も同時発売となります！

両方とものすごく好評だとのことで、原作者としても嬉しい限りです。こちらも是非ともお手にとってみてください。

イラストを描いてくださっている雅《まさ》先生、本編コミックを担当してくださっている赤岸《あかぎし》K先生、そして外伝コミックを担当してくださっている双葉《ふたば》もも先生、ドラマCDに参加していただいた声優陣の皆様、担当のI様、オーバーラップ社の皆様、本当にありがとうございました。

最後になりましたが、皆様、これからものんびりほのぼのな異世界冒険譚《たん》「とんでもスキルで異世界放浪メシ」のWEB版、書籍版、コミックともどもよろしくお願いいたします。

9巻でまたお会いできることを祈っております。

OVERLAP NOVELS

# とんでもスキルで異世界放浪メシ 8
## 石窯焼きピザ×生命の神薬


発行　2020年1月25日　初版第一刷発行
　　　2024年9月30日　第六刷発行

著者　江口 連

イラスト　雅

発行者　永田勝治

発行所　株式会社オーバーラップ
〒141-0031
東京都品川区西五反田8-1-5

校正・DTP　株式会社鷗来堂

印刷・製本　大日本印刷株式会社





ISBN　978-4-86554-597-5 C0093





【オーバーラップ　カスタマーサポート】
電話　03-6219-0850
受付時間　10時～18時(土日祝日をのぞく)


**作品のご感想、ファンレターをお待ちしています**

あて先：〒141-0031　東京都品川区西五反田8-1-5 五反田光和ビル4階　ライトノベル編集部
「江口 連」先生係／「雅」先生係

**スマホ、PCからWEBアンケートにご協力ください**

アンケートにご協力いただいた方には、下記スペシャルコンテンツをプレゼントします。
★本書イラストの「無料壁紙」　★毎月10名様に抽選で「図書カード(1000円分)」

公式HPもしくは左記の二次元バーコードまたはURLよりアクセスしてください。
▶ **https://over-lap.co.jp/865545975**
※スマートフォンとPCからのアクセスにのみ対応しております。
※サイトへのアクセスや登録時に発生する通信費等はご負担ください。

オーバーラップノベルス公式HP ▶ **https://over-lap.co.jp/lnv/**